LA REINE DE PIQUE

Ce livre est une fiction. Toute référence à des évènements historiques, des personnages ou des lieux réels serait utilisée de façon fictive. Les autres noms, personnages, lieux et évènements sont issus de l'imagination de l'auteur, et toute ressemblance avec des personnages vivants ou ayant existé serait totalement fortuite.

Collection New Romance® créée par Hugues de Saint Vincent,
dirigée par Arthur de Saint Vincent
Ouvrage dirigé par Bénita Rolland
Traduit par Caroline de Hugo

Pour la présente édition

34/36, rue la Pérouse
75116 - Paris
www.hugoetcie.fr

ISBN : 9782755641622
Dépôt légal : juin 2019
Imprimé en France par CPI Brodard et Taupin - N° d'impression : 3033823

NEW ROMANCE®

MEGHAN MARCH

LA REINE DE PIQUE

Traduit de l'anglais par Caroline de Hugo

MOUNT SÉRIE
TOME II

Hugo Roman

Je suis son plaisir. Je suis son jouet. L'acquittement d'une dette.

Je tente de me persuader que je le hais, mais chaque fois qu'il entre dans une pièce, mon corps me trahit. Comment puis-je le désirer et le craindre en même temps ?

On m'avait prévenue qu'il allait me rendre dingue. Qu'il pousserait mon esprit à se confronter à mon corps.

Mais je n'avais pas réalisé que ça serait l'anarchie totale.

J'aurais dû faire plus attention. Quand il s'agit de Mount, plus aucune règle n'existe.

Je ne vais pas rendre les armes. Je ne vais pas faire montre de faiblesse. Je garderai ma fierté et sortirai de ce marché avec mon cœur et mon esprit intacts.

Mais lui a d'autres plans…

UN

MOUNT

Trente ans plus tôt

Une sensation flippante, glauque, comme si je venais de marcher sur une tombe, s'était insinuée le long de ma colonne vertébrale lorsque la fille avait gravi les marches en compagnie de l'assistante sociale. La filiforme jeune fille blonde serrait un sac-poubelle noir contre sa poitrine.

Pas besoin d'être un génie pour deviner que tout ce qu'elle possédait se trouvait à l'intérieur. Mon sac-poubelle et moi avions déménagé quatorze fois en neuf ans. Je n'arrivais pas à me rappeler combien de fois j'avais été adopté avant ça. Mon premier souvenir, c'était mon estomac criant famine alors que je suppliais mon père adoptif de me donner un peu plus à manger et qu'il m'avait balancé une torgnole en pleine tronche. J'avais quatre ans, du moins c'est ce qu'on m'a dit. C'est difficile de garder le compte des années quand vous n'avez jamais eu de bougies sur un gâteau d'anniversaire parce que vous n'avez jamais eu d'anniversaire.

Je parie que si Madame Holiday était encore de ce monde, j'en aurais eu un, et peut-être même un chaque année. Mais elle était tombée très malade et ils m'avaient emmené dans une nouvelle maison au bout de six mois, quand il était devenu évident qu'elle n'allait plus survivre très longtemps et qu'elle ne pouvait plus s'occuper de nous.

C'était la première fois que j'avais eu l'impression que quelqu'un voulait de moi. La première fois que quelqu'un m'avait laissé choisir des vêtements dans un magasin.

La première fois que quelqu'un m'avait demandé ce que je voulais pour dîner. La première fois que j'avais l'impression d'avoir une vraie maman. Et tout ça avait rendu les choses plus difficiles quand elle était morte.

Cela m'avait appris à ne jamais m'attacher à quoi que ce soit ni à quiconque, parce que ça ne vous apportait rien de bon.

Chaque foyer, avant et après le sien, avait été une version différente de la même merde. Je n'étais pas l'un de leurs vrais mômes, je représentais juste le fric qu'ils gagnaient sans faire le moindre effort. J'étais à peine nourri. J'avais de la chance si certains d'entre eux me fournissaient une brosse à dents.

Et les fringues ?

C'étaient des dons de l'église ou les vêtements devenus trop petits pour leurs enfants. Rien de neuf, ça c'est sûr. Le maillot de corps que je portais en ce moment était plus taché que blanc, et quand je l'avais accroché à un barbelé sur une clôture, un peu plus tôt dans la semaine, et que ça avait fait un trou, Jerry m'avait plaqué contre le mur extérieur de la maison et m'avait fouetté avec sa ceinture pour me donner une leçon, un truc qu'il aimait faire plusieurs fois par semaine, surtout après avoir descendu son pack de six bières et avoir fumé son joint.

Les types bourrés n'étaient pas non plus une nouveauté pour moi. Je pouvais les sentir à une centaine de mètres. Si Jerry n'avait pas eu trente centimètres et soixante-dix kilos de plus que moi, j'aurais répliqué la première fois qu'il avait sorti cette ceinture. Enfin ça, et le fait de savoir que si j'étais chassé de ce taudis, plus personne ne protégerait Destiny. Elle n'avait que six ans, mais je voyais bien comment Jerry la regardait. Ce n'était pas bien, alors je faisais de mon mieux pour rester le plus près d'elle possible.

Plus souvent qu'à mon tour, je me glissais hors de ma chambre la nuit pour aller dormir devant sa porte, juste pour être certain qu'il ne tenterait rien. Je ne faisais aucune confiance à cette espèce de merde, et avec la chance de dingue qui était la mienne, il ne valait mieux pas.

– Nous sommes tellement contents de pouvoir enfin réunir Destiny et sa sœur. Dites tous bonjour à Hope[1], avait lancé l'assistante sociale avec autant d'espoir dans la voix que suggérait le nom de la fille.

Elle n'avait pas compris. Il n'y avait aucun espoir à attendre dans cette maison, même en sa présence.

Rien à espérer dans tout ce foutu système pourri.

Les petites jambes maigrichonnes de Destiny avaient traversé la pièce en courant. Elle s'était jetée dans les bras de la fille pendant que Jerry, sa femme et leur fils Jerry Junior observaient la scène d'un peu plus loin. À présent, il ne m'approchait plus. Sans doute parce que Jerry et Dixie ne me permettaient de prendre qu'une douche par semaine. Il faut économiser l'eau, disaient-ils. Quand la nouvelle fille a lâché son sac-poubelle pour serrer sa petite sœur dans ses bras, Jerry s'est léché les babines en la dévisageant comme si c'était un de ces bons gros steaks bien juteux qu'il rapportait de chez le boucher juste pour lui. À nouveau, j'ai senti ce poids dans le ventre quand j'ai réalisé qu'elle était plus âgée que je ne le croyais, même si elle était toute petite. Probablement plus vieille que moi.

Elle avait déjà des seins et, clairement, ne portait pas de soutien-gorge. Jerry ne pouvait pas détourner le regard de ces lolos et il ne cherchait même pas à le dissimuler. Si la façon dont il reluquait Destiny

1. Hope signifie « espoir » en anglais. (NdT, ainsi que pour les notes suivantes)

n'était pas normale, la façon qu'il avait de reluquer Hope était carrément dégueulasse.

J'avais découvert sa pile de revues porno planquées au fond de la soupente du grenier, là où il pensait que personne ne les trouverait. Il les aimait jeunes et blondes, et j'ai voulu hurler à l'assistante sociale d'éloigner ces deux mômes le plus loin possible. Mais je savais ce qui allait arriver si j'ouvrais la bouche. C'est moi qui serais viré et il n'y aurait plus personne pour les protéger contre Jerry.

– Tu m'as tellement manqué, a chuchoté Hope à Destiny en tombant à genoux sur le lino crasseux.

Elles sont restées longtemps dans les bras l'une de l'autre, avant que Hope ne nous jette un regard. Jerry s'est avancé le premier, évidemment. Sa brioche tendait son tricot de corps blanc lorsqu'il a ouvert les bras.

– Je suis ton nouveau papa, Hope. Bienvenue à la maison.

Hope a écarquillé les yeux et a dirigé son regard derrière lui, jusqu'à ce qu'elle m'aperçoive. Comme si elle m'avait reconnu. Elle a compris que je n'étais pas un de ses vrais enfants. J'ai imperceptiblement secoué la tête pour la prévenir. Je dois reconnaître qu'elle a tout de suite pigé mes signaux et c'était tant mieux, parce qu'elle allait vivre une galère qui allait me rendre dingue.

Elle a gardé Destiny serrée contre elle et a légèrement repoussé Jerry. Mais l'enfoiré était tenace. Il a pris les deux filles dans ses bras.

– On dirait bien que notre petite famille est au complet, à présent.

Dixie lui a juste fait un signe de tête. Elle n'a pas dit grand-chose, sans doute parce qu'elle avait passé le plus clair de la journée à picoler une bouteille de deux litres de Sprite. Sauf qu'il n'y avait pas de bulles, et que quand elle s'est évanouie pour la première fois sur le canapé après mon arrivée chez eux, j'avais ouvert le bouchon pour m'en jeter une rasade.

C'était de la vodka.

Aurais-je dû savoir ce qu'était cette merde à treize ans ? Probablement pas, mais je n'avais pas eu le luxe d'avoir eu une enfance. En plus, elle se donnait un mal de chien pour planquer les marques des coups que Jerry lui refilait les nuits où il montait à fond le son de la platine 33 tours dans leur chambre.

Peut-être que c'était mal, mais comme j'étais déjà quasiment certain d'aller en enfer, depuis que ma dernière mère de famille d'accueil m'avait surnommé « fils de Satan », j'étais content ces nuits-là. Parce qu'il y avait moins de risques qu'il aille trouver Destiny. Mais Hope ? Merde, c'était des emmerdes en perspective, à coup sûr.

Jerry a fini par les relâcher après une étreinte trop longue pour être honnête. L'assistante sociale jubilait toujours aussi bêtement d'avoir réussi à regrouper une sororité.

– Eh bien, je vais vous laisser faire plus ample connaissance.

Puis, en s'adressant à Dixie :

– Vous connaissez ça par cœur. Il n'y a rien de nouveau.

Jerry s'est marré, sa chemise s'est soulevée et sa brioche pendait sur son pantalon.

– Rien d'autre qu'un petit coup de pouce sur le chèque que nous recevons chaque mois, vous voulez dire.

Le sourire de l'assistante sociale s'est un peu crispé, mais elle a hoché la tête.

– Bien entendu.

Elle a baissé les yeux sur les deux filles, plus particulièrement sur la nouvelle.

– Tu as mon numéro de téléphone si tu veux me parler, pour quelque raison que ce soit. J'espère que tu vas apprécier ta nouvelle maison, et je suis heureuse que Hope et toi soyez enfin réunies.

– Elle va l'apprécier, a dit Jerry.

Et dès que l'assistante sociale a eu le dos tourné, Jerry a attrapé l'avant-bras de Hope avec ses gros doigts qui ressemblaient à des saucisses.

– Je vais te montrer ta nouvelle piaule. Tu seras juste entre moi et Destiny.

– Je peux partager celle de Destiny, lui a répondu Hope. Ce n'est pas un problème, je n'ai pas besoin d'avoir ma chambre à moi.

Jerry a encore repassé sa langue sur ses dents.

– Tu es trop vieille pour partager ta chambre. Nous en avons plein. Suis-moi et arrête de discuter.

Cette étrange sensation visqueuse et flippante s'est faite plus insistante alors que Jerry se mettait à grimper l'escalier en traînant la patte. Il se dirigeait probablement vers la chambre qu'avait abandonnée cet autre môme adopté quelques jours avant que Destiny et moi n'arrivions. D'après ce que Jerry Junior nous a dit, c'était aussi une fille.

Elle n'avait que sept ans. Il n'a pas pu me dire pourquoi elle était partie, et je ne suis pas sûr d'avoir eu envie de le savoir. Les yeux bleus de Hope qui ressemblent étonnamment à ceux de Destiny restaient fixés sur moi pendant que son sac-poubelle battait contre les marches, l'une après l'autre. J'ai vu qu'elle avait peur. Elle savait pertinemment qu'elle se retrouvait face au canon d'un revolver prêt à lui exploser au visage à tout moment.

Je ne l'ai pas quittée des yeux avant qu'ils aient tourné en haut des marches, mais je me suis juré que si cette grosse merde la touchait… je ne répondrais plus de rien.

La première semaine, Hope a dormi dans la chambre de Destiny parce que, dès qu'elle la lâchait, la petite se mettait à pleurer.

À présent, Jerry en avait vraiment marre. Ce soir-là, il était bourré et furax, il cognait avec son poing sur la paillasse de l'évier assez fort pour faire trembler la vaisselle bon marché.

– Arrête de chialer comme un bébé. Hope ne va pas s'en aller. Et ce soir, elle va dormir dans sa putain de chambre, que tu le veuilles ou non.

J'avais à peine fermé l'œil de toute la semaine, je n'avais aucune confiance en lui. J'ai commencé à avoir la tête qui tourne et mon travail scolaire s'en est ressenti, travail pour lequel de toute façon, je ne m'étais jamais donné beaucoup de mal. Depuis que j'étais entré dans cette école, j'avais passé plus de temps dans le bureau du directeur qu'en classe. Mais c'était ce à quoi ils s'attendaient venant de moi, comme de tous les mômes de l'Aide à l'enfance. C'est comme s'ils savaient qu'on est faits pour foirer depuis le début, alors à quoi bon essayer ?

Nous n'étions que des ratés.

Pour moi, c'était la vérité. Du moins, c'est ce qu'on m'avait raconté. Ma mère m'avait abandonné sur les marches d'une église, dans le Quartier Français, et une bonne sœur m'avait trouvé, baignant dans ma propre merde.

C'était un début assez prometteur, vu la suite de ma vie. Cette tache représentait ce que j'étais, qui j'étais. Elle m'avait poursuivi partout où j'allais.

Parfois, je me demandais si ma mère s'était donné la peine de me donner un nom avant de m'abandonner, mais ça n'avait pas vraiment d'importance. Le seul nom que j'ai, c'est celui que la nonne m'a donné lorsqu'elle m'a trouvé, Michael. Tout aussi générique que les autres prénoms bibliques qu'on donne aux enfants trouvés.

– Non ! Je veux ma grande sœur ! s'obstinait à sangloter Destiny.

Jerry l'a attrapée par son petit bras fluet et la tirée vers lui tout en posant son autre main sur la boucle de sa ceinture.

– Tu veux pleurer ? Je vais te donner une bonne raison de pleurer.

Hope est tombée à genoux devant sa sœur en regardant tout à tour la petite et l'entrejambe de Jerry.

– Ça va aller, Dest'. Je serai juste deux pièces plus loin. Je serai là quand tu te réveilleras demain matin. Je ne les laisserai pas nous séparer à nouveau. Je te le promets.

Cette promesse m'a fait comprendre que Hope ne faisait pas partie du système depuis aussi longtemps que moi. Si ça avait été le cas, elle aurait su qu'il ne faut jamais faire de promesses. Elles ont toutes les chances de ne pas être tenues.

Jerry maintenait la pression sur Destiny et sur la boucle de sa ceinture, mais son attention s'est détournée sur Hope. Ou plutôt sur ce qu'il y avait sous la chemise de Hope.

Quelqu'un aurait dû acheter un soutif à cette fille, mais je pouvais être certain que ce ne serait pas Jerry.

– Tu vois, ta sœur sait comment se comporter en gentille fille.

Il passa sa langue sur ses dents. Vraiment gentille. J'ai compris que cette nuit non plus, je n'allais pas beaucoup dormir.

***

Jerry a attendu que Destiny soit endormie et que Dixie soit dans les vapes sur le canapé du salon avant de bouger. Mes paupières pesaient des tonnes, mais dès que le vieux parquet s'est mis à craquer, j'ai compris qu'il arrivait.

Le cœur battant, je me suis faufilé hors de ma chambre en évitant les lattes qui craquaient, que j'avais mémorisées en arrivant. Avancer sans faire de bruit a ses avantages.

Les gonds de la porte qui avaient besoin d'être huilés depuis longtemps se sont mis à grincer quand il l'a ouverte. Il s'est avancé jusqu'au lit de Hope, et de ma position derrière lui, je l'ai vue se redresser d'un bond en serrant contre elle ses couvertures comme si c'était son sac-poubelle.

Jerry s'est alors penché sur elle et l'a bâillonnée d'une main.

– Ne crie pas, putain, ou je te le ferai payer bien plus cher, ma poulette.

Hope s'est débattue, mais il a arraché sa chemise tout usée, et ses petits seins sont apparus. Il en a attrapé un et l'a serré. Son autre main a disparu plus bas.

– Prépare-toi à payer ton loyer, ma fille. Celui de ta sœur également. À moins que tu préfères qu'elle le paye elle-même. Je parie qu'elle pleure aussi joliment que toi.

Je bouillais de rage, j'ai dû me retenir pour ne pas gerber en l'entendant. Il ne méritait pas de vivre.

La batte de Louisville qu'il avait achetée à Jerry Junior sur mon épaule, j'ai plié les bras et j'ai ajusté ma prise. J'étais prêt à prendre une vie démoniaque pour sauver une vie innocente. Jerry avait déjà repoussé toutes les couvertures lorsque je suis entré.

– Tu ne la touches pas, bordel !

Jerry s'est tourné d'un seul coup pour me faire face et les pleurs de Hope ont retenti plus fort dans mes oreilles. Lui fixait la batte sur mon épaule.

– Qu'est-ce que tu crois que tu vas faire avec ça, espèce de morveux ? Tu veux que je te l'enfonce dans le cul, puisque tu te prends pour le roi des merdeux ?

Il a bougé plus vite que je ne l'aurais cru. Il m'a chargé comme un taureau, avec sa queue qui se balançait en dehors de son pantalon crasseux comme un hot-dog tout mou... Ce fils de pute.

Je n'ai pas réfléchi. J'ai fait un swing. Mais Jerry l'a esquivé et la batte l'a atteint au cou. Il a trébuché et il s'est écrasé contre le mur, ses mains autour de sa gorge. Il a glissé sur le plancher. Hope pleurait en silence dans son lit, elle tremblait de peur en essayant d'attraper un drap pour se couvrir.

Jerry s'efforçait de respirer lorsque je me suis avancé vers lui, de plus en plus dégoûté en pensant à ce qu'il lui aurait fait subir si je n'avais pas été là. S'il n'avait pas esquivé le coup, je lui aurais sans doute explosé la tête comme une pastèque. Mais j'étais somme toute assez content que ça ne se soit pas passé ainsi. Ce salaud ne méritait pas de s'en sortir aussi facilement. Un homme qui tente de violer une fille de quatorze ans mérite de mourir lentement, en souffrant le plus possible.

J'ai appuyé le bout de ma batte sur ses mains et sur l'endroit qu'elles recouvraient, celui que j'avais touché avec mon swing et j'ai appuyé un peu plus fort. Puis de plus en plus fort, en l'empêchant ainsi de respirer.

– Tu ne toucheras plus jamais la moindre fille dans cette putain de baraque.

Les yeux de Jerry se sont un peu plus exorbités. Enfin, pour la première fois depuis que j'avais passé le seuil de cet enfer, j'y ai lu de la peur.

Ça m'a excité un peu plus et je n'ai pas hésité à augmenter la pression pendant qu'il tentait de retirer ses mains, sans y parvenir.

Il allait bientôt perdre connaissance, et je voulais que la douleur et la peur le terrassent avant qu'il meure. Si mes soupçons étaient fondés, c'est exactement ce qu'il avait fait subir à des tas de mômes sans défense.

– Plus jamais, Jerry, tu m'entends ?

Avec toute la force dont je disposais, j'ai appuyé la batte contre ses mains. J'ai entendu un craquement violent avant de voir la vie s'échapper de son regard.

J'ai donné une autre bonne poussée pour être certain qu'il était bien mort. Quand il s'est effondré sur le côté, Hope a poussé un grand cri. Je me suis penché pour vérifier le pouls de Jerry. Rien. Plus un seul battement de ce cœur d'airain. Je venais de rendre un immense service à ce monde. Lorsque je me suis relevé et que j'ai croisé son regard, la batte pendant au bout de mes doigts, la peur y demeurait encore. Sauf que, cette fois, je ne sais pas de qui elle avait le plus peur. Mais je pouvais probablement le deviner.

Ou peut-être que je me trompais.

Hope a sauté de son lit. Le drap serré autour d'elle, elle s'est jetée à mon cou.

– Merci.

J'avais du mal à comprendre ce qu'elle disait tellement elle hoquetait. Ses larmes inondaient ma chemise sale.

– J'ai fait ce qu'il fallait faire, c'est tout. Maintenant, habille-toi et prends tes affaires. Je vais chercher Destiny. Vous allez toutes les deux foutre le camp de cette baraque. Je vais vous accompagner jusqu'au refuge de l'église, à quelques pâtés de maisons d'ici. Tu raconteras à cette dame ce que Jerry a essayé de te faire.

Elle a tourné la tête en direction du corps.

– Qu'est-ce que je dois lui dire à propos de… ça ?

– La vérité.

Les grands yeux bleus pleins de larmes de Hope ont plongé dans les miens, encore remplis de crainte.

– Mais ils vont te rechercher…

– Ils ne me trouveront jamais.

Hope s'est mordu la lèvre et m'a lâché.

– Dépêche. Il ne faut pas traîner.

Dès que j'ai franchi le seuil de cette maison pour la dernière fois avec les deux filles derrière moi, j'ai réalisé que ma dernière mère adoptive avait eu tort de m'appeler le fils de Satan.

Je suis le diable en personne.

DEUX

MOUNT

Aujourd'hui

Keira me cherche, elle se joue des limites de mon contrôle, une chose que je n'ai jamais autorisé personne à faire.

J'ai claqué cette foutue porte.

Je ne réagis jamais par la colère. Plus maintenant. Tous mes actes sont le résultat d'un calcul froid, précis. Mais cette femme parvient à me faire claquer les portes.

Je m'étais dit que ce ne serait pas un problème. Je pouvais l'avoir, la garder, la contrôler et ne jamais la laisser devenir autre chose qu'une de mes possessions. Je m'étais promis de rester détaché et indifférent, car le contraire ne donne jamais rien de bon. Je l'ai appris dès ma plus tendre enfance.

Il faut tout envisager comme étant temporaire. C'est une vérité intangible. Aucun de nous ne s'en sortira vivant de cette vie, alors à quoi bon prétendre le contraire ?

Autre chose que j'ai toujours pensé être vraie ? Que je possédais un parfait contrôle sur moi comme sur mes réactions.

C'est faux.

Keira Kilgore est devenue quelque chose que je n'avais pas du tout prévu, mais c'est moi qui édicte les règles dans mon monde, donc rien ne pourra me faire changer mes plans. Ce qu'il y a de mieux dans le fait d'être le roi, c'est que je peux faire absolument tout ce que je veux.

La garder pourrait être une erreur, mais je ne peux pas la laisser filer. Surtout maintenant que je la tiens encore plus en mon pouvoir, puisque j'ai remboursé ses emprunts bancaires et que je les ai ajoutés à sa dette envers moi. Je ne me suis jamais autorisé à désirer quelqu'un ainsi. Je dirige un empire, mais je suis parvenu à rester au sommet parce que je n'ai jamais montré la moindre faiblesse.

Elle est une faiblesse uniquement si je l'autorise à en être une, et cette connerie s'arrête dès cet instant.

J'ai envie de retourner dans sa chambre pour lui raconter comment j'ai tué Lloyd Bunt, ce qui la ferait fuir définitivement. Voilà exactement ce que je devrais faire. Mais à quoi bon diriger un empire si on ne peut avoir tout ce qu'on désire, même quand on n'en a pas le droit ?

Alors que cette pensée s'insinue dans mon esprit, je réalise que je suis sur le point de créer une faiblesse qui sera exploitable. Ce contre quoi je me suis battu pendant des années. Mais je suis Lachlan Mount, bordel. Je suis sorti du ruisseau de cette ville impitoyable, j'ai changé d'identité, j'ai appris comment agir, pas seulement pour survivre mais pour prospérer.

Je suis devenu la mauvaise herbe qui pousse entre les fentes du trottoir et refuse de mourir. J'ai grimpé à la force du poignet dans cette organisation et j'en ai conquis le trône par la force. Pour le monde extérieur, je règne par la peur, l'intimidation et la volonté sans faille de mettre à exécution la moindre de mes menaces.

Je possède tous les biens matériels dont un homme peut rêver. À cet instant précis, je foule des tapis persans blanc et or entre des murs enduits par des artisans d'art italiens, éclairés par des chandeliers plaqués or 14 carats et des lustres en cristal qui coûtent les yeux de la tête. Je m'entoure de ce qu'il y a de mieux, sans prétendre une seconde que ce n'est pas pour tenter d'oublier ce que c'est de vivre dans sa propre souillure.

Lorsque j'arrive devant le loquet dissimulé qui ouvre une des dizaines d'entrées secrètes conduisant au dédale de passages qui relient toutes mes propriétés dans ce pâté de maisons, je suis à nouveau parvenu à contrôler ma respiration.

Chaque rencontre avec Keira m'affecte un peu plus que la précédente, et celle-ci n'y fait pas exception. Je ne peux pas laisser cette situation continuer ainsi. Il faut que je reprenne la main. J'en fais le vœu, pendant qu'un tableau qui va du sol au plafond glisse pour découvrir le labyrinthe. En dehors de moi, seules trois personnes connaissent l'étendue de ce labyrinthe : V, que Keira appelle La Balafre, J mon second, et G mon tailleur. Tous trois ont fait la preuve de leur loyauté envers moi à maintes reprises, mais il serait naïf de ma part de faire entièrement confiance à quiconque. Je tourne plusieurs fois en jetant à peine un coup d'œil aux judas optiques parsemés le long du couloir, qui me permettent de surveiller ce qui se passe à l'extérieur de ces murs.

Ils sont indécelables, à moins de savoir où regarder exactement.

D'autres personnes dans ma position auraient des gardes avec des armes automatiques qui patrouilleraient dans la maison, mais je m'y refuse.

D'abord, je peux très bien prendre soin de moi tout seul et, en plus, pourquoi introduire d'autres potentiels maillons faibles dans mon organisation ?

Acheter un garde est beaucoup trop facile.

Je l'ai fait moi-même trop souvent pour en garder le compte. Les gens que j'emploie ne peuvent pas me trahir parce qu'ils me doivent la vie, pour une raison ou une autre. En outre, les caméras sont plus efficaces, et mes réseaux de sécurité sont impossibles à hacker… ou presque. Après avoir tourné et retourné puis avoir monté les escaliers pour atteindre le saint des saints, la pièce que j'appelle ma tanière, je m'attends à ce que le reste de cette vague d'émotions qui m'a envahi reflue vraiment.

Mais non. Lorsque cette cheminée pivote et que ma bibliothèque apparaît, je comprends que j'ai fait une énorme erreur en pensant que ce refuge me protégerait de mes sentiments. Tout ce que je vois, c'est elle. La première nuit qu'elle a passée dans ces murs, quand elle a ôté cet horrible trench-coat pour me révéler ses fesses adorables avec ce tatouage au henné ridicule… cette image est gravée dans ma mémoire.

Elle s'est comportée en reine. Comme une femme capable de répondre à la puissance du roi que j'avais déclaré être.

Pas de faiblesse, je me répète à moi-même.

Je serre les poings, j'ai bien envie d'en balancer un contre le mur. Pour la première fois depuis aussi loin que je me souvienne, le doute m'assaille. Garder le contrôle. C'est ce que je fais, et je ne peux pas laisser Keira Kilgore changer cela. Je me tourne vers la table contenant les carafes d'alcool et je tends la main vers ma préférée, mais je m'arrête à mi-chemin.

C'est un whisky *Seven Simmers* que j'ai demandé à mes associés de me fournir dans les entrepôts de la distillerie parce qu'il n'est pas encore disponible à la vente, sauf au verre dans le restaurant au-dessus de la distillerie *Seven Sins,* et je ne suis pas homme à accepter qu'on me refuse quoi que ce soit. Je repousse la bouteille de *Spirit of New Orleans* et j'attrape celle de scotch.

Après tout, mon nom vient d'Écosse. Lachlan Mount sonnait comme le nom de quelqu'un qui exigeait le pouvoir, et je l'ai choisi lorsque j'avais quinze ans. Pendant les deux années durant lesquelles j'ai vécu dans la rue après avoir mis fin à la vie misérable de Jerry, je n'ai pas eu de nom. Personne ne s'intéressait à un énième fugitif. Les rares nuits où j'ai dormi dans des refuges, à chaque fois j'ai donné un nom différent. J'ai menti. J'ai triché. J'ai volé. J'ai fait tout cela, et en plus sans aucun remords.

Je ne suis pas un type bien. Mon âme est noire. Mon cœur est de pierre. Ma réputation n'est ni une légende ni un mythe, c'est une accumulation de faits. S'il existait une balance qui mesure la pureté humaine, je ferais s'écrouler un de ses côtés sous le poids de mes péchés et j'éclaterais de rire devant ce spectacle.

Je vais aller en enfer. Je le sais pertinemment, mais il existe une longue liste de gens que j'enverrai là-bas avant. Keira Kilgore, elle, est tout le contraire. Elle est pure. Innocente. Incroyablement naïve. Elle pense encore que tout le monde joue selon les règles et que les bonnes actions pavent le chemin de la réussite.

Elle a tort, mais elle ne me croirait pas. Je n'aurais jamais dû l'entraîner dans mon monde, mais je suis assez égoïste pour m'en ficher. Assez égoïste pour la garder prisonnière ici.

Je ne veux pas cela. Je ne l'ai jamais demandé, et jamais je ne le ferai. Je ne me soumettrai jamais de mon plein gré. Je le jure, sur tout ce que j'ai de plus sacré.

Elle avait dit cela lorsqu'elle se tenait debout, nue devant moi, et son corps l'avait trahie. Je l'ai fait mentir parce que, chaque fois que je la prenais, elle en crevait d'envie. Elle le désirait autant que moi.

Je le jure, je sens sa présence dans cette pièce, à travers l'odeur du cuir, des livres anciens et de la fumée de cigare, et cela me donne envie de retourner dans sa chambre et de la faire mentir à nouveau.

Surtout ne me touche pas, ni maintenant, ni jamais.

Elle ferait mieux de ne pas défier un homme tel que moi. Je gagne toujours.

Je me dirige vers une des étagères en serrant les dents, comme s'il y avait la moindre chance que je lise un de ces volumes. Un bruit sourd me prévient que quelqu'un va entrer par la cheminée pivotante, et je m'attends presque à voir apparaître une déesse rousse en furie qui vient me défier à nouveau. Ce qui, dans mon esprit torturé, se terminerait par une séance de baise pendant laquelle je la prendrais par-derrière sur le bras d'un des fauteuils, ses mains coincées derrière le dos.

Mais ce n'est pas elle. C'est J, mon lieutenant.

– On a un problème, un truc assez compliqué. Je peux le régler moi-même, mais je sais que vous voudrez être mis au courant.

– Quoi ? je demande, heureux d'être ainsi distrait.

– Le lieutenant d'un des *jefes*[2] du cartel a déjà été averti une fois à propos de la façon dont il traite sa

2. En espagnol, *jefe* signifie « chef, patron, parrain ».

nana dans la salle de jeux, mais cet enfoiré ne pige pas le message.

Ma froideur légendaire refait surface et me pousse à me concentrer. C'est toujours en ça que j'excelle. C'est quelque chose que je peux aisément contrôler. Il n'y a pas besoin de moi dans ce genre de situation, mais je tiens à être mis au courant. Et ce soir... peut-être bien que je vais m'en occuper moi-même.

– Allons-y.

Je suis J, nous quittons mon bureau et tous mes souvenirs de Keira. Nous cheminons à travers le labyrinthe de passages jusqu'à l'étage du casino. Posséder un pâté de maisons entier dans le Quartier Français a ses petits avantages, comme celui d'être capable de démolir les murs intérieurs et de transformer le centre de la moitié des immeubles en établissement de jeux clandestin, qui fait plus de bénéfices en une nuit que ce que gagnent la plupart des hommes en un an. L'adhésion y est sélective et accordée avec parcimonie. Seuls les très riches, très puissants ou très haut placés peuvent en être, avec cette menace non dite qui plane sur leurs têtes : si vous parlez, vous mourrez. Si vous me regardez de travers, vous mourrez.

Quand je dis que je règne sur eux par l'intimidation et la peur, je n'exagère pas.

Nous arrivons au club par l'entrée de derrière, celle que j'emprunte toujours, et il ne nous faut qu'une seconde pour localiser le salon privé où le lieutenant suicidaire est en train de jouer des sommes considérables au black jack.

Les filles qui travaillent dans ce club sont sous ma protection, quiconque les offense m'offense moi. Je me fiche que leurs vêtements couvrent à peine leurs seins, leur chatte ou leur cul, ou que leur maquillage soit plus épais que les couches de peinture de ma voiture favorite. Ça n'a pas d'importance qu'elles gagnent leur vie en pratiquant le plus vieux métier du monde. Elles ne sont pas malmenées dans mon club. Ça fait partie des règles, mais certains types bourrés l'oublient parfois. Quand c'est le cas, pas de problème, mon équipe leur en rappelle les conséquences à leurs dépens.

Cette fille, une sylphide blonde aux racines noires, tente discrètement d'échapper à son étreinte afin d'éviter une scène. L'abruti, comme l'a appelé J, ne la lâche pas. Au lieu de ça, il l'attrape par les cheveux et tire dessus si violemment qu'elle tombe à genoux.

Mon téléphone se met à vibrer dans ma poche, mais je l'ignore. La colère m'envahit. Ceux qui déconnent avec les blondes me rendent plus dingue que tout. Le lieutenant, qui est plus petit que moi de quinze centimètres au moins et plus léger de vingt-cinq kilos, pousse son visage vers ses genoux.

– Suce-moi, sale pute.

– Ce soir, il va mourir.

Je l'ai dit doucement, mais J ne me demande pas de le répéter pour autant. C'est une cause entendue.

– Je m'en occupe, patron.

Je secoue la tête en ravalant ma rage pour la transformer en colère froide.

– Non, je m'en charge personnellement.

– Vous êtes certain ? Je peux…

Je me retourne vers J qui s'arrête net.

– Bien entendu que vous êtes certain. Peut-être qu'il vaut mieux que cela vienne de vous, de toute façon.

J pense que je vais le faire moi-même pour envoyer un message au *jefe* du lieutenant, mais ce n'est qu'en partie vrai. Ce soir, j'ai besoin d'un exutoire à toute cette rage qui m'habite, et cet enfoiré a choisi le mauvais moment et le mauvais endroit pour causer des problèmes.

Il ne recommencera pas.

J'entre à grands pas dans la pièce, attirant l'attention des trois autres joueurs et du croupier dès que j'ai refermé la porte derrière moi.

Le croupier ne parlera jamais de ce qu'il a vu dans cette pièce, parce qu'il me doit la vie. J'ai évité qu'il soit assassiné par un dealer de crack en pleine rue quand il avait seize ans. Il sait également que souffler le moindre mot sur ce qui se passe ici serait une trahison qui entraînerait un retour de bâton du destin auquel il a échappé. En outre, il gagne bien sa vie, il a une petite amie enceinte et prévoit de se marier le mois prochain. Il n'osera pas les mettre en danger, elle et le bébé.

Les autres joueurs sont un conseiller municipal véreux, un super-prédicateur et un baron du pétrole qui a expulsé violemment des habitants de leurs maisons pour agrandir son territoire. Avec les dossiers que j'ai sur chacun d'eux, je sais qu'ils n'oseront pas parler non plus.

Je traverse la pièce sans dire un mot. Je trouve toujours les actes bien plus puissants que les paroles, et la puissance, ça me connaît. Je m'arrête à quelques centimètres de la chaise du lieutenant et je saisis la tresse noire qu'il porte à la base du crâne. J'en entoure ma main et, d'un coup sec, je tire violemment sa tête en arrière, jusqu'à ce que son cou soit hyper-étiré. Je vois sa pomme d'Adam qui se met à déglutir dans sa gorge.

Quand il lâche les cheveux de la fille, en me servant de sa tresse comme d'une corde, je le soulève en fixant ses pieds qui gigotent à quelques centimètres du sol pendant que la stupéfaction se lit sur son visage.

J'ai peut-être plus de quarante ans, mais je m'entraîne à fond tous les jours. J'ai appris à mes dépens, bien trop jeune, que parfois la force pure est votre unique chance d'éviter votre pire cauchemar.

La peau de son crâne se tend jusqu'à ce qu'un brin de sa tresse me reste dans la main avec un morceau de peau sanguinolent au bout. Ses pieds touchent le sol les premiers, puis ses jambes se dérobent et il tombe à genoux devant moi.

Exactement là où est sa place.

Il lâche un flot de mots incompréhensibles en espagnol, mais peu importe ce qu'il baragouine. Personne ne dépasse la ligne jaune ici. Il pose ses deux mains par terre, prêt à bondir.

Avant qu'il puisse faire un geste, j'écrase une de ses mains sous mon talon, en broyant ses os sous mes chaussures italiennes sur-mesure.

Son hurlement pathétique ne sortira pas de cette pièce dont les murs et la porte sont insonorisés. Je regarde la fille, je remarque les marques rouges sur sa gorge, là où il a dû l'agripper avant que j'arrive. Écœuré, je jette la tresse devant lui. Je crois en la justice de la rue. Pas seulement œil pour œil, dent pour dent, mais qu'il faut répondre trois fois plus fort. Quand je l'attrape une seconde fois, c'est par la gorge. Je le traîne jusqu'au mur, je le soulève à nouveau.

Il essaie de parler, mais ma pression sur sa trachée l'en empêche. Ses yeux s'exorbitent, laissant apparaître un soupçon de peur, et me voilà ramené à cette nuit-là. La nuit qui a définitivement fait de moi l'homme que je suis aujourd'hui. La call-girl par terre devient Hope, et cette espèce de merde le dingue qui a essayé de la violer.

Je lâche prise un instant en ignorant mon téléphone qui ne cesse de sonner dans ma poche gauche et je fouille dans la droite, à la recherche d'un accessoire sans lequel je sors rarement.

Il reprend son souffle en tenant sa main devant lui et en me suppliant à nouveau en espagnol. Il ferait mieux de garder son souffle. Il ne sortira pas d'ici ce soir, et tout le monde le sait.

Quand je sors ma main de ma poche, j'ai enfilé mon coup-de-poing américain plaqué or 24 carats.

Je prends mon élan et lui assène un seul coup à la gorge, qui lui broie la trachée et lui rompt le cou. Les lettres en relief sur mon coup-de-poing américain impriment mon sceau : Mount.

Son corps glisse sur le sol pendant que je recule en rangeant mon arme dans ma poche et en pliant les doigts.

– Que quelqu'un nous débarrasse de cette ordure, j'ordonne, avant de saisir la poignée de la porte.

Je fais une pause. Je me retourne et je croise le regard horrifié de chacune des personnes présentes. Je ne doute pas qu'ils sentent la brutalité qui émane de moi. Je n'aurai pas le moindre problème à cause de ce qui vient de se passer. Seules ma légende et leur peur vont grimper d'un cran.

Satisfait, j'ouvre la porte de la pièce principale et je la referme derrière moi avant de sortir enfin mon téléphone de ma poche.

J'ai huit textos de V et six appels manqués du centre de contrôle.

TROIS

MOUNT

– Où est-elle, putain ?

– Dans son appartement. Elle est sortie et on l'a ratée parce qu'… on regardait ce qui se passait dans la salle de black jack. Mais on a tenté de vous joindre dès qu'on s'en est rendu compte, m'explique L, un des membres de l'équipe de la salle de contrôle. V est en chemin. Il ne voulait pas attendre.

V va avoir une putain d'augmentation.

– Mais qu'est-ce qui s'est passé, bordel ? Comment a-t-elle pu sortir sans que vous la voyiez ?

L ne cherche pas à tourner autour du pot. Il sait parfaitement que je n'accepterai aucune excuse.

– On a merdé, patron. Je n'avais pas son traceur à l'écran, parce qu'elle n'avait pas essayé de s'enfuir. Je ne pensais pas qu'elle essaierait.

– Je m'occuperai de toi plus tard, je grince avant de raccrocher.

Pour l'instant, rien ne compte hormis Keira.

Je ne lis pas les huit textos de V, mais je sais que j'aurais appris beaucoup plus tôt qu'elle s'était enfuie si je n'avais pas eu besoin d'un exutoire à ma frustration pour ne pas l'avoir baisée sous la contrainte.

Je cours jusqu'au garage où sont stationnées plusieurs de mes voitures et je prends les clés de la Porsche 918 Spider. Pas question de merder. Et celle-là, c'est la voiture la plus rapide que je possède en ce moment.

Le moteur ronronne déjà lorsque j'appuie sur un bouton du volant qui met en route un enregistrement vidéo auquel moi seul ai accès. Quand la lumière s'allume sur le petit écran du tableau de bord, je presse le bouton plusieurs fois de suite, jusqu'à ce que Keira apparaisse dans sa chambre à coucher. Je continue quelques minutes et je la vois qui trouve la boîte et la jette contre le mur en me maudissant. Puis, à nouveau, lorsqu'elle découvre le contenu de la boîte. Je savais qu'un jour elle s'enfuirait ou bien que je la laisserais retourner dans son appartement. Cent fois j'ai voulu lui dire que c'était moi, cette nuit-là, au bal masqué, mais je savais qu'elle ne me haïrait pas moins pour autant. Alors, pourquoi ai-je laissé cette preuve ?

Parce qu'une partie de moi a toujours voulu qu'elle sache la vérité. Je croyais que c'était moi qu'elle attendait, et pas cet enfoiré de Brett, et ça me consume toujours autant.

Le moteur rugit et les pneus de la Spyder patinent lorsque je sors du garage. La rue est vide. Je connais parfaitement le chemin le plus rapide jusque chez elle ; ces derniers mois, je l'ai emprunté plus souvent que je veux bien l'admettre.

Je suis un homme impétueux, mais j'ai appris une chose au fil des années, c'est que la patience est toujours récompensée.

Obtenir Keira a été l'exercice ultime de cette leçon de vie.

J'évite les rares piétons et je brûle un feu rouge en tournant le volant à fond et en jurant lorsque le pare-chocs arrière se détache dans un virage. Tout en gardant un œil sur la route, je conduis comme un dément en fixant l'écran jusqu'à ce qu'elle quitte la pièce, puis j'appuie sur le bouton pour passer à la caméra du salon.

J'accélère à fond, le moteur rugit à travers les rues, et je le vois. Brett Hyde, cette espèce de merde inutile, est revenu d'entre les morts.

S'il est une chose que je sais avec certitude, c'est que son retour à la vie ne sera pas bien long.

QUATRE

KEIRA

La porte de mon appartement s'ouvre pour la deuxième fois ce soir. Je me retourne lorsque la lumière du couloir inonde mon salon où je faisais des allers-retours dans le noir, un couteau de boucher dans la main droite et un marteau dans la gauche.

Brett était armé, pas moi. Nous savons tous parfaitement qui est le gagnant dans cette situation. Mais il ne m'a pas tiré dessus parce qu'apparemment il ne désire pas que je meure. Non, je lui suis plus utile vivante.

Les larmes brouillent ma vue, qui ne m'empêche toutefois pas de pousser un cri de guerre lorsque je me précipite sur l'intrus en brandissant le couteau au-dessus de ma tête et en balançant le marteau à bout de bras. Il parvient à me faire lâcher le couteau qui claque contre le sol, mais le marteau l'atteint. Il grogne avant de me l'arracher des mains. L'outil atterrit par terre avec un bruit sourd et me voilà retournée comme une crêpe, face contre le mur. Il m'attrape par les poignets et les maintient contre mes hanches. Une large poitrine se plaque contre mon dos et m'écrase contre le mur et sa peinture craquelée. Je me débats pour tenter de m'échapper, mais il m'emprisonne dans une poigne de fer.

– Laisse-moi partir, espèce de connard ! Je t'ai déjà dit que je le ferai. Si tu touches un cheveu de mes parents ou de mes sœurs, je te tue de mes propres mains.

Au lieu de la voix mielleuse de Brett, c'est un grognement que j'entends. J'inspire un bon coup, mais l'odeur de l'homme qui me retient n'est pas celle de celui qui me hante. Le grognement toutefois m'est familier.

– Lâche-moi ! j'exige, et il me répond en secouant mes poignets.

Je ravale mes larmes. Je tourne la tête, j'ai presque peur d'avoir raison. Le profil de La Balafre se découpe alors dans le rai de lumière. Un soulagement incompréhensible m'envahit, j'arrête de me débattre. Je respire encore vite, mais mon corps se détend un peu.

– Lâche-moi. Je ne vais pas m'enfuir. Ni te tuer. Probablement. Enfin, peut-être pas.

À cet instant, j'ignore ce dont je suis capable. Certainement de bien plus que ce que j'aurais jamais pu croire. La Balafre attend quelques secondes avant de relâcher sa pression sur mes poignets. Je me retourne en frottant l'endroit où il m'a comprimé la peau et je recule sans le regarder vraiment en face. Lorsque je me cogne contre le canapé, je m'effondre. Mon corps est secoué de tremblements, je serre mes bras contre moi comme si je voulais retenir les différentes parties de mon corps.

– Il ne s'est même pas donné la peine de venir lui-même ?

Ma voix tremble comme tout le reste et je m'en veux d'être soulagée que ce ne soit pas Mount que j'ai failli tuer.

– Ça ne devrait pas me surprendre. Je ne suis pas suffisamment importante pour qu'il quitte sa petite forteresse.

La Balafre ne me répond pas. Il attrape son téléphone. Il tape quelque chose et, aussitôt, mon propre téléphone sonne sur la table. Je questionne La Balafre du regard. Il me fait signe d'aller le chercher. Je me lève, mes genoux flageolent encore pendant que je traverse la pièce et que j'attrape mon téléphone pour découvrir le texto qui m'attend.

Numéro inconnu :

Le patron arrive.

Je lève les yeux vers La Balafre. Cette information, loin de me calmer, déclenche une nouvelle tempête d'émotions en moi, engendrées par la découverte de mon mot et du string que je portais au bal du Mardi Gras. Depuis le début, Mount, ce bâtard manipulateur, s'attendait à ce que je découvre la vérité. Peut-être pas aussi rapidement, mais un jour tout de même.

– Est-ce que tu étais au courant de son plan depuis le début ?

Quand je pense à tout ce que Brett m'a dit avant de partir, la colère monte, de plus en plus vive. La Balafre reste impénétrable et ne fait pas le moindre geste pour taper une réponse. À place, il allume les lumières que j'avais éteintes dès que Brett, mon pas si défunt de mari, était sorti, inquiète à l'idée qu'il puisse revenir. Je voulais mettre toutes les chances de mon côté si j'avais la possibilité de me le faire.

– Je vous déteste, tous les deux, je lance à La Balafre avec toute la conviction dont je suis capable.

Ensuite, je reste assise en silence pendant quelques minutes puisqu'il est inutile de poser des questions auxquelles je sais que je n'obtiendrai pas de réponse. À chaque seconde qui passe, mes épaules se crispent et ma colonne vertébrale se tend un peu plus, en prévision de l'inévitable confrontation.

Mount va arriver. Ce n'est plus qu'une question de temps. J'entends des pas dans le hall, comme si quelqu'un courait, et à nouveau la porte de mon appartement s'ouvre en grand. Le regard noir de feu, Mount se dresse, haletant sur le seuil de ma porte comme s'il allait commettre un meurtre. Sans réfléchir, je bondis hors du canapé et je cours jusqu'à lui.

Il m'ouvre grand ses bras, mais je ne cherche pas de réconfort, pas de lui. Je serre les poings et frappe des grands coups sur sa poitrine. Les larmes que j'ai tenté de contenir toute la nuit jaillissent sur mes joues.

– Comment est-ce que tu as pu me faire ça, espèce de salaud ? C'est ma vie, pas un jeu ! À quel point peux-tu haïr quelqu'un pour lui faire subir ça ?

Je le frappe assez fort pour lui laisser des bleus, mais il ne m'arrête pas. Mes bras me font mal et la violence des coups diminue alors que ma voix, brisée par l'émotion, se transforme en chuchotement.

– Pourquoi moi ? Pourquoi pas quelqu'un d'autre ? N'importe qui d'autre ?

Je laisse tomber mon front contre sa poitrine sans me soucier de tremper sa chemise avec mes larmes. C'est un véritable torrent, mais je n'en éprouve aucune honte. C'est lui le responsable, c'est lui qui a chamboulé toute ma vie avant même que je connaisse son existence.

Un de ses bras puissants entoure ma taille et, de sa main libre, il me caresse la tête en l'appuyant contre sa poitrine.

– Chhhht.

– Ne me dis pas *chhhht.*

Ma voix chancelante est faible, mais reste cassante.

– Ma petite sauvageonne irlandaise. Tu lutteras jusqu'à ton dernier souffle.

– Tu ferais pareil.

Quelque chose appuie sur le sommet de mon crâne, son menton, je pense.

– Tu commences enfin à comprendre.

Il garde un ton calme et neutre, mais ses paroles me font redémarrer. Je repousse sa poitrine à deux mains et il enlève ses mains pour me libérer. Je n'ai plus aucune illusion. Rien dans ma vie n'arrive sans sa permission. Enfin, presque rien.

– Il est clair que je ne comprends rien, parce que si c'était le cas, je n'aurais pas vu un fantôme cette nuit, lorsque mon défunt mari est venu frapper à ma porte.

L'expression de Mount qui, l'espace d'un instant, était presque tendre, se durcit immédiatement.

– Il était censé être mort.

Je recule encore d'un pas en direction de ma chambre et je croise les bras.

– Il m'a dit que tu l'avais payé. Le prêt que tu as utilisé comme arme contre moi, il a dit que tu lui avais donné cet argent à condition qu'il disparaisse. Il a dit que tu avais mis en scène sa mort ! C'est vrai ?

– Oui.

Mount avance vers moi sans la moindre trace de remords. Les tremblements menacent de me reprendre au fur et à mesure qu'il avance vers moi. Je déglutis, je ne suis pas sûre de vouloir poser la question suivante dont je connais déjà la réponse. Mais une partie stupide en moi doit l'entendre pour pouvoir admettre la vérité.

– Cette nuit-là, au bal masqué, quand j'ai demandé par écrit à Brett de me rejoindre, c'était toi en fait, n'est-ce pas ?

Il fait un pas de plus dans ma direction.

– Oui.

Je serre les poings.

– Pourquoi ? Comment as-tu pu faire ça en sachant que je croirais que c'était lui ?

L'expression de Mount, déjà dure, devient froide comme du granit. Le muscle de sa mâchoire tressaute.

– J'ai cru que tu savais que c'était moi.

– C'est impossible, je réponds, sidérée.

Ses yeux sombres rétrécissent, il secoue la tête.

– C'est moi qui ai reçu ton mot. Pas Brett. J'ai supposé qu'on t'avait ordonné de l'écrire. Que cela faisait partie du jeu. Et que tu étais le cadeau qu'on m'offrait.

En entendant cela, je recule, en état de choc.

– Un cadeau ? Comme si tu étais une sorte de chef de guerre à qui l'on apporte des femmes en cadeau ?

Au lieu de me répondre, Mount se tourne vers La Balafre et lui montre la porte de mon appartement de la tête.

– Attends dehors. Vérifie que nous sommes en sécurité.

– Que…

Je n'ai même pas le temps de poser la moindre question que Mount est déjà en train de me pousser jusqu'à ma chambre à coucher. Il referme la porte derrière lui d'un coup de pied.

Je suis prise au piège dans ma chambre avec l'homme qui pensait que je lui avais été offerte en cadeau.

Et pour couronner le tout, mon défunt mari n'est pas mort.

Plus rien n'a de sens, surtout pas le fait que j'ai plus peur de l'homme que j'ai épousé que de l'étranger brutal qui se dresse devant moi.

CINQ

MOUNT

— Raconte-moi tout.

Mes paroles sont tranchantes comme un rasoir. J'allume la lumière. La voir tremblant de peur dans cet appartement de merde alimente ma rage contre l'homme qui n'aurait jamais dû l'approcher à nouveau. Quelques heures plus tôt, dans des vêtements sublimes de designer, elle me défiait comme une impératrice. À présent, ses cheveux tombent sur ses yeux rougis par les larmes. Tout ça à cause de lui.

Si jamais il l'a touchée…

Keira éclate d'un rire dur. Au lieu de résonner contre les murs, le son est absorbé par les parois des cloisons pleines de fissures dont la peinture se craquelle. Au plafond, un ventilateur vrombit pendant que j'attends qu'elle me réponde.

Elle serre ses bras contre sa poitrine, je me demande si elle n'est pas sur le point de craquer.

– Tu ne sais donc pas tout ? me répond-elle en aboyant.

Je sors mon téléphone de ma poche et je retourne l'écran vers elle.

Le site Internet auquel j'ai seul accès, avec le film vidéo de son appartement et des pièces de ma maison, est affiché en haut de l'écran, comme il l'était dans ma Spyder, pendant que je violais le Code de la route pour arriver le plus vite possible.

Keira recule.

– Qu'est-ce que c'est que ça ?

– Un enregistrement vidéo. Ou je regarde la suite, ou tu me dis ce qui s'est passé. Quoi qu'il en soit, j'apprendrai le moindre détail. Dis-le-moi à présent, merde, est-ce qu'il t'a touchée ?

Ses yeux verts étincellent de fureur.

– Comment oses-tu violer ma vie privée ? Où sont les caméras ?

– Est-ce qu'il t'a touchée ?

Ma question ressemble à un véritable rugissement, mais les habitants de l'immeuble n'oseront pas intervenir.

J'attends sa réponse, je suis prêt à me répéter. Je dois savoir. Je dois l'entendre me le dire. Le muscle de sa mâchoire bat avant qu'elle réponde.

– Non. Il ne m'a pas touchée. Il ne veut pas de moi ! Il ne m'a jamais désirée. Personne ne veut de moi.

– C'est là que tu te trompes.

Son rire glaçant me tape sur les nerfs.

– Je ne suis qu'un jeu pour toi.

Ses mots attisent le feu qui brûle déjà en moi.

– Tu n'as pas la moindre idée de ce que tu es pour moi. Tu n'en sais foutre rien.

– Conneries !

Le mot est lancé comme un défi, ses yeux verts étincellent comme des émeraudes. Elle poursuit :

– Je parie que tout ce que tu désires en ce moment, c'est de pouvoir me cogner jusqu'à ce que je te dise tout ce que tu veux entendre.

J'avance vers elle à pas comptés jusqu'à ce que son dos touche le mur qui fait face à la porte de sa petite chambre à coucher.

– C'est faux. Je veux te fesser pour t'être mise en danger, et ensuite je veux te baiser si fort que tu n'auras plus le moindre doute sur mon désir pour toi. Peut-être qu'alors tu réaliseras enfin à qui tu appartiens ?

Son nez se tord.

– Je n'appartiens à personne. Je ne suis pas un putain de clébard.

– Non, mais tu es quand même à moi.

Sa main s'envole et sa paume s'écrase sur ma joue.

SIX

KEIRA

Bordel de merde.

Je l'ai giflé. Je l'ai vraiment giflé.

Avant que je puisse ôter ma main, Mount m'attrape le poignet.

– Il n'y a que toi pour oser faire ça.

Sa voix gronde, encore plus grave qu'auparavant, pendant que j'essaie de me libérer, mais il saisit rapidement mon autre poignet et les maintient ensemble au-dessus de ma tête.

– Espèce de putain de sauvageonne !

La déclaration qu'il vient de faire il y a quelques instants continue à hurler dans ma tête en faisant le bruit d' un train de marchandises lancé à grande vitesse.

Je veux te fesser pour t'être mise en danger, et ensuite je veux te baiser si fort que tu n'auras plus le moindre doute sur mon désir pour toi. Peut-être qu'alors tu réaliseras enfin à qui tu appartiens ?

Je devrais être terrifiée que cet homme brutal me colle contre le mur, mais une émotion violente m'envahit qui n'a rien à voir avec de la peur. Non, c'est de l'impatience qu'il mette sa menace à exécution.

Il est en train de me transformer en quelqu'un que je ne reconnais plus.

– Lâche-moi.

Ma voix lance un ordre, mais sans aucune force.

Il baisse la tête contre la mienne et murmure un seul mot.

– Jamais.

La bouche de Mount rencontre la mienne, ses dents se referment sur ma lèvre inférieure et la mordent d'un coup sec. Quand je sors ma langue pour la calmer, il force l'entrée en penchant sa tête sur le côté pour obtenir un meilleur angle d'attaque.

Ce baiser est un pur chaos. Une tempête sauvage, passionnée. Il m'ôte toutes mes inhibitions et déclenche en moi une témérité que je ne reconnais pas. Avec mes poignets prisonniers au-dessus de ma tête et sa poitrine contre la mienne, il prend ma bouche, il la dévore encore et encore avec assurance, mais sans la moindre trace de l'habileté à laquelle je m'attendais. Il ne s'agit pas d'un mouvement qu'il a répété au fil des années.

C'est quelque chose de complètement nouveau et déséquilibré.

J'avais dit que jamais je ne l'embrasserais. Eh merde, qu'est-ce que je suis en train de faire ?

Il transgresse toutes mes règles. Il me vole la moindre parcelle de mon self-control. *Comment peut-il me faire ça ?* Je ne parviens pas à faire semblant de ne pas en avoir envie. À faire comme si je n'avais pas envie de lui.

Avant que j'aie réalisé ce qui se passe, Mount m'éloigne du mur, me pousse contre le lit où nous tombons tous les deux. Il plonge sur moi de tout son poids, ce qui déclenche en moi un sentiment d'immense satisfaction.

Je lutte, je me débats, mais il ne paraît pas vouloir me libérer. J'aimerais pouvoir être libre de le toucher, je veux planter mes ongles dans ses épaules, je me fiche que mon cerveau ait perdu toute capacité de pensée rationnelle en faveur d'un instinct bestial.

Il détache sa bouche de la mienne, il a l'air aussi secoué que moi.

– Dis-moi que tu en as autant envie que moi.

J'humecte ma lèvre inférieure, j'adore la morsure que ses dents y ont laissée tout en faisant semblant de me reprendre. Une pensée cohérente parvient avec difficulté à traverser le désir primitif qui bouillonne dans mes veines. Je recule légèrement pour pouvoir bien voir son visage.

– Tu dois d'abord me promettre quelque chose.

Il ne dit rien, il se contente de me dévorer du regard. Son pouls bat dans son cou, il respire vite. Son parfum qui me hante malgré moi envahit mes narines. Finalement, il plonge ses yeux dans les miens.

– Promets-moi qu'il n'arrivera rien à ma famille. Que tu ne laisseras ni Brett ni personne leur faire du mal. Jamais.

Le muscle de sa mâchoire se crispe, mais il n'attend pas longtemps avant de me répondre.

– C'est d'accord.

Ses lèvres s'écrasent contre les miennes. Je libère mes mains, j'agrippe ses épaules et je me hausse pour appuyer mes hanches contre le renflement dur que comprime à grand-peine son pantalon. Mon nouveau piercing déclenche des feux d'artifice de sensations à travers tout mon corps.

– Tu me rends fou, dit-il, hors d'haleine, en se penchant pour saisir un de mes seins et en taquiner le mamelon qui pointe à travers mon chemisier, avant de le pincer entre son pouce et son index.

La sensation de plaisir irradie jusqu'à mon sexe et je le presse plus fort contre lui. Je pousse un gémissement parce que, bordel de Dieu, c'est incroyablement meilleur que jamais. Il relâche mon mamelon et descend la main juste assez pour relever ma jupe et arracher mon string. Je me tends, dans l'attente de son prochain assaut, mais il reste immobile.

– Dis-le.

Mon esprit, tout troublé, ne comprend pas.

– Quoi ? je lui demande en le dévisageant.

– Dis-moi que tu en as envie. Ici, maintenant.

Je me redresse, je cherche son contact, mais il me retient d'une main sur ma hanche.

– S'il te plaît…

Je m'arrête, parce que je ne veux pas le supplier.

– S'il te plaît quoi ?

– Baise-moi !

Tout comme la nuit où il a brisé d'un revers de main la vaisselle et les verres dans la salle à manger, ma supplique réveille sa nature profonde.

– Enfin.

Ses doigts trouvent ma chatte déjà trempée, et il en enfonce un. Ce n'est pas suffisant. J'ai besoin de plus que ça. Je veux sentir ses doigts sur mon clito et cette sensation décuplée grâce à mon nouveau bijou. Et ensuite, je veux son sexe en moi.

– Encore.

Ses yeux noirs flambent, comme possédés.

– Je vais te baiser comme tu le mérites.

Il se met à titiller le bijou tout en me masturbant avec les doigts, jusqu'au bord de l'orgasme. Il s'arrête juste avant que je m'envole.

– Non !

Mount arrache sa ceinture, déboutonne son pantalon et ouvre sa fermeture Éclair. Son sexe jaillit, il le saisit d'une main en le serrant violemment.

– Ne me dis pas non !

– Va te faire foutre !

Il secoue la tête avec un sourire mauvais. Il serre encore une fois bien fermement sa queue avant de venir positionner son gland juste à l'entrée de mon vagin.

– Non, Keira, c'est moi qui te baise. Moi et moi seul.

Je tressaille en tentant de me contrôler et je tente de le forcer à me pénétrer, mais sa main m'empêche d'atteindre autre chose que le bout de son gland.

– Allez, dis-moi que tu veux ma bite. Seulement la mienne.

Il grogne cela les dents serrées, comme s'il était en train de perdre le contrôle de sa santé mentale aussi rapidement que moi.

– Oui ! Donne-la-moi !

Avec un rugissement, il s'enfonce en moi. Il lâche un de mes poignets, mais garde l'autre prisonnier au-dessus de ma tête. Pendant qu'il bouge en moi, sa bouche trouve à nouveau la mienne, elle prend plus que je n'aurais jamais cru donner et me rend quelque chose que j'ignorais totalement désirer.

Sa domination est sans appel, il me baise encore et encore, chaque poussée m'offrant la friction exacte sur le clito dont j'ai besoin pour jouir.

– Pas encore, ordonne-t-il.

– Je ne peux plus attendre.

– Si. Tu. Vas. Attendre.

Il ponctue chaque mot avec une poussée, mais peu importe ce qu'il dit, je ne peux plus me retenir. Je crie, sa queue pulse en moi lorsque son orgasme le transperce au même moment que le mien. Il a toujours une main sur ma hanche, et les battements de son cœur sont si violents qu'ils font vibrer tout son corps. Une perle de sueur tombe de son front et atterrit sur mon menton, puis glisse le long de mon cou. Je ne sais pas ce qui s'est passé dans cette pièce, mais pendant le temps que ça a duré, la seule personne qui existait dans mon monde, c'était Mount. Tout le reste, tous les autres avaient disparu.

Finalement, il lâche mon poignet. Je le ramène sur ma poitrine en le massant.

– Tu as mal ?

Je secoue la tête en chuchotant.

– Non.

Son front descend vers le mien, j'emplis mes poumons de son parfum unique, addictif.

– Je te jure que je pensais que tu savais que c'était moi cette nuit de Mardi Gras.

Le changement de sujet me sort de ce cocon pour me ramener brutalement à la réalité.

– Comment as-tu pu penser que je te désirais…

Avant que j'aie pu terminer ma phrase, son expression se ferme, il devient impénétrable et il se détache de mon corps.

J'allais ajouter *puisque je ne te connaissais même pas*, mais il est déjà hors de ma vue, la porte de la salle de bains claque derrière lui. J'entends la chasse d'eau, puis les robinets qui coulent. Un peu plus tard, Mount apparaît dans l'embrasure de la porte, son pantalon refermé et sa chemise boutonnée. Son expression est fermée comme jamais. Si je n'avais pas été sous lui quelques minutes auparavant, les lèvres encore contusionnées par sa bouche, jamais je n'aurais pu me douter que c'est cet homme qui m'a fait crier d'extase. Son visage porte cet affreux masque de granit. Il est complètement fermé.

– Habille-toi. On y va, et tu as encore des choses à me raconter.

SEPT

MOUNT

Pendant le trajet de retour, nous restons silencieux. J'ai failli demander à V de l'embarquer, mais je n'ai pas envie de la perdre des yeux. Et puis, je suis décidé à obtenir les réponses dont j'ai besoin avant la fin de la nuit.

Au moins par trois fois, Keira ouvre la bouche comme pour dire quelque chose, mais elle la referme avant qu'un mot n'en sorte. Aucun de nous n'est prêt à faire le premier pas.

Si je le fais, elle va en profiter pour avancer de dix pas. Si c'est elle, je vais en profiter pour avancer d'un kilomètre. Lorsque je prends le dernier virage, les phares de V clignotent derrière moi, m'indiquant qu'il entre dans le garage où quelques-unes de mes voitures sont déjà garées.

– Tu vas finalement me laisser voir où tu habites ? demande-t-elle, l'air surpris.

– Ce n'est pas comme si c'était un secret, maintenant que tu t'es échappée, je lui réponds, et je la surprends qui pince ses lèvres.

– Exact, ajoute-t-elle tranquillement, mais j'aurais préféré ne pas l'avoir fait.

Sa confession me choque. Au lieu de montrer la moindre réaction, je me concentre sur le fait de me garer et de sortir de cette foutue bagnole avant que l'odeur de sexe sur son corps me rende plus dingue que je ne le suis déjà.

Je gare la Spyder à côté de la McLaren et d'une Ferrari, puis je coupe le moteur. La porte du garage se referme derrière nous. J'ai suffisamment attendu comme ça.

– Dis-moi exactement absolument tout ce qu'il t'a dit, le moindre putain de mot.

Au lieu de protester comme la sauvageonne à laquelle je me suis habitué, Keira soupire.

– Pour ça, je vais avoir besoin de boire un verre.

J'ouvre la portière et le plafonnier s'allume, ce qui me permet de mieux voir son visage. Son expression est difficile à déchiffrer. Assouvie, défaite, et pourtant provocatrice.

Chaque fois que je pense à elle, je réalise que mes baromètres habituels ne s'appliquent plus lorsqu'il s'agit de Keira Kilgore. Elle est l'exception à tout ce que je pensais connaître.

– Allons-y.

Je descends de la voiture et elle cherche encore le loquet de sa portière quand je lui ouvre en lui tendant la main.

– Ces voitures de luxe, c'est stupide.

– Dit la fille dont la voiture est une poubelle.

Ses épaules se contractent sous l'insulte.

– Désolée, je n'ai pas des milliards de millions d'argent sale pour me monter une super-collection de bagnoles.

– Tu gagnes ton fric grâce aux addictions des autres. En quoi est-ce différent de ce que je fais ? Nous sommes tous les deux dans le business du péché, de façon différente, c'est tout.

– Je ne sais même pas ce que tu fais exactement. Et ne me fais pas passer pour une dealeuse de came. Mon business est parfaitement légal.

Son ton condescendant la fait se rengorger.

Plutôt que de la renseigner sur ce que je fais réellement, – je ne prévois absolument pas de le lui dire –, j'insiste sur la seule chose qu'elle ne peut nier.

– Ose me dire que l'alcoolisme est moins dangereux que l'addiction aux drogues.

– C'est différent !

– Continue à te raconter des histoires, mon ange, mais ne monte pas sur tes grands chevaux, tu sais parfaitement que ce que tu fais n'est ni pur ni innocent.

Elle ferme la bouche. Je me dis que c'est parce qu'elle ne sait pas quoi répondre. Encore une fois, je me trompe.

– Apporte-moi de la gnôle. Tu as intérêt à en avoir de la bonne.

Je pense au whiskey que j'ai failli boire plus tôt, mais que je n'ai pas bu pour ne pas alimenter mes obsessions à son sujet.

Ce qui est définitivement raté.

– J'ai toujours ce qu'on fait de mieux dans tous les domaines, alcool compris.

Je la prends par la main et, plutôt que de passer par l'entrée normale, je l'entraîne vers une porte secrète qui mène discrètement au réseau de couloirs intérieurs.

Elle tente d'ôter sa main de la mienne, mais je la serre fort. Elle finit par arrêter de lutter et se met à me poser des questions.

– Combien est-ce que ça a coûté de bâtir tous ces trucs ? Ou bien c'était déjà là ? Ce sont des œilletons ? Oh mon Dieu, tu as installé des œilletons qui donnent sur ma chambre ?

Elle s'arrête brusquement, ce qui me force à faire de même.

Je me tourne à moitié vers elle pour croiser son regard horrifié.

– Pourquoi aurais-je besoin d'œilletons alors que j'ai des caméras braquées sur toi dans tous les angles de tes appartements ?

Elle reste bouche bée, puis respire bruyamment.

– Je n'arrive pas à croire que tu permettes à des gens de me mater ! Nous mater !

Elle lève sa main libre comme si elle allait encore me frapper, mais je l'arrête à mi-chemin. Mon geste se transforme en bras de fer avec cette rouquine flamboyante.

– Tu as brûlé toutes tes cartouches ce soir. La prochaine fois que tu essaies de me frapper, je te le rendrai au centuple sur le cul. Nos actions ne sont pas sans conséquence. Surtout si d'autres en sont témoins.

Je ne sais pas quelle partie de mon discours produit son effet, mais sa main se relâche.

– Tu penses vraiment que je laisserais quelqu'un regarder tes seins, ton cul ou ta chatte ? Tu es à moi, et je ne partage pas, putain. Personne à part moi n'a accès à ces enregistrements. La pièce de contrôle ne vérifie que ton traceur GPS et lorsqu'ils me préviennent, je branche l'enregistrement des caméras privées.

Elle redresse la tête à nouveau.

– Un traceur ? Je porte un mouchard ?

Sa voix grimpe d'une octave pendant qu'elle fouille les vêtements qui lui ont tous été fournis par mon équipe. Ses doigts se posent finalement sur la chaîne du collier. Elle ouvre grand la bouche.

– Ce n'est pas juste un cadenas, n'est-ce pas ? Tu m'as équipée comme un putain de clebs.

– Arrête de te comparer à un chien. Parfois, tu te comportes comme une salope, mais tu n'es pas du tout aussi obéissante qu'un chien. Tu peux m'être reconnaissante d'avoir porté ça ce soir. Qu'est-ce qui aurait pu t'arriver si ni V ni moi n'étions accourus à la rescousse ?

Lorsqu'elle tire dessus au point qu'elle risque de se couper la gorge, je pose mes doigts sur les siens pour l'arrêter.

– Laisse ça tranquille. Ça ne cassera pas.

Ses yeux plongent dans les miens, et je peux y lire les mots qu'elle veut prononcer mais qu'elle n'a pas le droit de dire. *Je te hais.*

Elle apprend enfin.

Nous atteignons l'entrée dérobée de la bibliothèque et je l'attire contre moi.

– Lâche-moi.

Elle se débat, mais je la serre plus fort encore.

– Tais-toi, Keira.

La plate-forme se met à pivoter et je la relâche dès que nous sommes entrés dans la bibliothèque.

Elle se rue dans la pièce comme si elle voulait mettre le plus d'espace possible entre nous.

Essaie tout ce que tu veux, sauvageonne. Ça ne marchera pas.

Elle s'arrête devant la desserte où sont alignées les carafes en cristal. Sans attendre qu'on la serve, elle ôte le bouchon d'une carafe, renifle et plisse le nez, puis fait de même avec une autre carafe. Elle recommence plusieurs fois de suite, puis se tourne vers moi. Je sais pertinemment quelle carafe elle tient dans la main.

– Comment as-tu fait pour obtenir du *Spirit of New Orleans* ? On ne peut l'acheter que dans mon restaurant, et je suis absolument certaine de ne pas t'en avoir envoyé une bouteille publicitaire.

Je la regarde d'un air qui signifie *Est-ce que tu me poses sérieusement cette question ?*

Keira lève les yeux au ciel.

– Lorsque je vais découvrir qui te l'a fournie, je vais devoir le virer. Tu le sais, n'est-ce pas ?

Je pars d'un grand éclat de rire qui nous surprend tous les deux.

– Comme si j'avais besoin d'une aide intérieure. Cela dit, toi, tu devrais améliorer la sécurité de tes entrepôts.

Elle a l'air profondément choquée.

– Tu m'as volé un tonneau de mon meilleur whiskey ? Comment oses…

Je traverse la pièce en un éclair.

– J'ose tout ce que je veux. Un de ces jours, tu vas t'en rendre compte.

Un grognement monte du fond de sa gorge pendant qu'elle se retourne et se verse un verre avant de le vider d'un trait.

– Tu es…

J'efface l'espace entre nous et j'appuie mes paumes sur la boiserie de part et d'autre de sa tête en la piégeant ainsi contre moi. Je sens sa colonne vertébrale se figer lorsque ma poitrine entre en contact avec la sienne.

– Je suis quoi, Keira ? Dis-moi.

Mes lèvres effleurent son oreille.

Elle pousse un autre grognement de frustration, et j'ai une envie dingue de la dévorer.

– Impossible. Tu es impossible.

Avec un sourire aux lèvres, je plonge mon nez dans la courbe, là où son cou et son épaule se rejoignent, et je respire son parfum.

– Et tu sens mon odeur, plus une incroyable odeur de sexe. Bon, sers-moi un verre et raconte-moi ce qui s'est passé, bordel.

Je dois reconnaître que sa main ne tremble absolument pas lorsqu'elle décide de verser trois doigts d'alcool dans deux verres. Je recule et j'attends qu'elle se retourne. Quand elle le fait, son visage impassible n'exprime aucune trace de choc après ce que je viens de lui dire.

Impressionnant.

Je prends le verre qu'elle me tend tout en sifflant le sien, les yeux fermés pour mieux en apprécier le goût, et je m'efforce de détourner le regard avant de recommencer à bander. Elle baisse alors son verre et se met à parler comme s'il ne s'était rien passé. Là encore, je suis impressionné par la faculté qu'elle a de ne pas montrer qu'elle est affectée.

– J'oublie toujours à quel point il est bon. Je te jure, je pourrais en boire une bouteille entière.

Comme je me mets à la dévisager d'un air inquisiteur, elle lève les yeux au ciel.

– Tu te rends bien compte que j'ai été élevée dans le whiskey ? Je ne suis pas un poids plume.

– Il est hors de question que tu descendes une bouteille entière.

Je recule pour m'appuyer contre une des chaises et je repose mon verre intact avant de croiser les bras.

– Raconte-moi ce que t'a dit cette espèce de merde.

Un petit sourire triste transparaît sur ses lèvres pendant qu'elle fixe le fond de son verre.

– C'est drôle. Voilà une chose sur laquelle nous sommes d'accord. Brett Hyde est une vraie merde.

Elle fixe toujours son verre, ses yeux verts s'assombrissent.

– Il a menacé mes parents. Il m'a dit que si je ne fais pas ce qu'il veut, il les fera tuer ainsi que mes sœurs.

Je me souviens de la photo que j'avais prise de ses parents lorsque je lui rappelais tout ce qu'elle avait à perdre, afin de la forcer à accepter mon marché.

– Et tu crois qu'il peut y parvenir ?

– Peut-être pas, mais je me suis bien offerte à toi pour les protéger. Qu'est-ce qui te fait penser que je ne vais pas le prendre au sérieux ?

Je décroise les bras, attrape mon verre et bois une gorgée.

– Quelles étaient ses instructions ?

– Je suis censée aller à la banque demain matin et faire un gros retrait de cash. Le plus gros possible sans l'autorisation de mon père.

Mes doigts se serrent si fort autour de mon verre que je pourrais l'écraser.

Fils de pute et rapace.

– Comment savait-il que tu avais du fric sur ce compte ?

Elle soupire.

– Je ne le savais même pas moi-même avant qu'il me montre le solde sur son téléphone, grâce à son accès Internet. Je n'avais pas pensé à le fermer, parce que je croyais qu'il était mort.

Elle me balance ces derniers mots comme une accusation, les yeux mi-clos.

– Je suis en pétard, parce que tu essaies de me faire plonger encore plus profond. C'est des conneries. Je n'ai jamais demandé ce fric. Je n'ai jamais rien demandé de tout cela.

Je me pince la base du nez.

– Je t'ai prêté de l'argent pour que tu puisses assurer la prochaine paye. Le chèque d'avance des Vaudou Kings arrivera trop tard pour ça. Tu préférais faire des chèques en bois à tes employés ?

Elle devient pâle comme un linge.

– Comment sais-tu cela ?

– Lorsqu'il s'agit de toi et de tes affaires, crois-moi, je sais tout.

– À l'exception, apparemment, du fait que mon défunt mari réapparaîtrait.

Elle me tourne le dos et se met à faire les cent pas, ce qui, je l'ai remarqué, est une habitude chez elle.

– Pourquoi aurais-je dû penser à lui retirer son accès au compte bancaire puisqu'il est mort ? Il était mort… Je n'avais donc aucune raison de craindre quoi que ce soit de lui.

Elle se retourne brusquement et me lance un regard furibond.

– Mais il n'était pas mort, et j'aurais aimé le savoir pour éviter qu'il reçoive une alerte quand notre compte atteignait un certain niveau. Parce que je ne savais pas non plus qu'il pouvait faire ça.

Escroc un jour, escroc toujours. Finalement, je suis étonné que Brett ait été assez intelligent pour imaginer cela. Il a signé sa condamnation à mort en réapparaissant et, cette fois, ça va être bien plus douloureux. Pas seulement pour ce qu'il a fait subir à Keira cette nuit, mais aussi pour tout ce qu'il lui a fait subir depuis qu'elle l'a épousé.

– Pourquoi ne t'a-t-il pas demandé de faire un virement sur un compte offshore ? Ça aurait été bien plus malin. Un retrait en liquide, c'est très risqué.

Elle se tourne et se remet à faire les cent pas en ingurgitant les dernières gouttes de whiskey.

– Je n'ai pas le droit de faire des transferts, et Bret non plus. Seul mon père peut le faire, et je n'aurais jamais pu lui expliquer pourquoi j'avais besoin de faire un transfert d'argent sur un compte offshore. Est-ce que tu réalises les questions que cela aurait entraînées ? La première aurait été : comment diable ai-je bien pu faire pour dénicher autant d'argent ?

Quand elle revient vers moi, l'armure qu'elle s'était composée commence à se fendre et sa voix également.

– Mais il a dit qu'il les tuerait si je ne le faisais pas. Si je comprends bien, je n'ai donc pas le choix ?

Je vais aller demain matin à la banque et après, si Dieu le veut, tout sera terminé.

Je pose mon verre et j'avance vers elle. Je la force à s'arrêter et à me regarder en posant une main sur chacune de ses épaules.

– Donne-lui ce fric et il reviendra t'en demander plus. C'est comme ça que ça marche.

– Mais alors, qu'est-ce que je vais faire ? Je ne peux pas laisser ma famille pâtir d'une mauvaise décision.

Je resserre mon emprise pour être certain d'obtenir toute son attention. Quand elle rencontre mon regard, je répète la promesse que je lui ai faite plus tôt.

– Personne ne les touchera.

– Jure-le-moi.

– Je l'ai déjà fait.

– J'ai besoin de l'entendre à nouveau.

Je la serre un bon coup.

– Je ne me répète jamais.

Elle se mord la lèvre. Je donnerais une fortune pour savoir à quoi elle pense.

– Si tu ne le fais pas, je te jure que tous nos accords sont annulés.

– Ce n'est pas toi qui décides. Mais je vais te faire une autre promesse, Brett Hyde est peut-être revenu d'entre les morts, mais il ne se passera pas longtemps avant que tu sois veuve à nouveau.

HUIT

KEIRA

Mount me fait sortir du bureau après m'avoir pris le verre de whiskey des mains. Je n'arrive toujours pas à croire qu'il soit parvenu à dérober un tonneau de *Spirit of New Orleans* dans un entrepôt de *Seven Sinners*. Mais je n'ai pas vraiment les moyens d'améliorer drastiquement la sécurité pour l'instant. Je suis trop occupée à ruminer ce problème pour remarquer que les couloirs que nous empruntons ne sont pas ceux que j'ai déjà sillonnés.

Lorsque Mount ouvre une épaisse porte noire à double battant, je fais un pas à l'intérieur avant de me figer.

– Ce n'est pas ma chambre… ni ma cellule.

Jusqu'à présent, le décor qui m'entourait était tout à fait féminin, ici c'est l'extrême inverse, bien qu'on reste dans les mêmes tons. L'empreinte de Mount est visible dans chaque détail, depuis les plafonds laqués noir, hauts d'au moins trois fois ma taille, jusqu'à la moulure épaisse noire assortie. Un énorme sofa en cuir noir occupe la moitié du salon face à un immense écran plat de télé qui semble pouvoir être dissimulé dans le mur. La table basse est elle aussi laquée noir avec des touches dorées. Un cabinet à alcools noir et or renferme plus de bouteilles que celui de la bibliothèque. Là-bas, sans doute que Mount s'évade, mais ici, c'est bel et bien chez lui. C'est ici qu'il vit, là où personne ne peut l'atteindre. La pièce est remplie de son parfum et l'odeur augmente encore au fur et à mesure que j'avance vers l'autre double porte. Je jette un coup d'œil à l'intérieur. C'est une chambre à coucher. Le lit est plus grand que tous ceux que j'ai pu voir jusque-là. On pourrait aisément y coucher une bonne partie des Voodoo Kings et encore avoir de la place pour quelques pom-pom girls. Le dessus-de-lit est en velours noir bordé d'or, les draps et les oreillers sont noirs.

– Est-ce que tu aimes d'autres couleurs que le noir, le blanc et l'or ?

Mount me regarde explorer son sanctuaire.

– Non.

Je recule en direction de la porte, le pincement que je ressens à l'entrejambe me prévient de ne pas m'approcher trop près de ce lit, ou bien personne ne peut prévoir ce qui peut arriver. Mount est en train de me rendre dingue, de me voler le contrôle de mon propre corps, tout en me contraignant à le lui offrir de mon plein gré. C'est un paradoxe, mais je ne veux pas y penser davantage cette nuit. Je sors de la chambre à coucher.

La seule chose qui compte pour l'instant, c'est de trouver un moyen de retirer de la banque la somme d'argent qu'exige Brett, de la lui donner et d'en réchapper indemne.

– Ok, je vais donc avoir besoin de mon trench-coat, de lunettes de soleil et d'un sac de marin. De préférence avec ces liasses qui inondent d'encre celui qui y touche, afin qu'il ne puisse pas dépenser un dollar de ce foutu fric.

Je me surprends à arpenter le salon de Mount, un truc que je fais trop souvent en ce moment, je trouve.

– Et un revolver, évidemment. Je suis déjà allée au stand de tir plusieurs fois, je suis certaine que je n'aurai pas de problème pour tirer sur Brett s'il pointe à nouveau son arme sur moi.

Jusqu'à maintenant, Mount m'a laissée divaguer à ma guise sans broncher, mais après cette dernière phrase, il se rue sur moi et m'agrippe par l'épaule.

– Il a pointé un flingue sur toi ?

J'acquiesce d'un signe de tête.

– Et tu n'as pas pensé que c'était assez important pour me le dire ?

Je me mords la lèvre, parce que le ton de la voix de Mount est soudain plus effrayant que tout ce qui s'est passé la nuit dernière. Comme je ne réponds pas, sa mâchoire se crispe.

– Il a pointé une arme sur toi et il a menacé de tuer ta famille.

– Oui, je murmure.

– Et il t'a fait suffisamment peur pour que tu acceptes son plan ?

Je hoche violemment la tête avant de pouvoir retrouver ma voix.

– Si La Balafre te raconte que je l'ai attaqué avec un marteau et un couteau de boucher quand il a fait irruption chez moi, tu peux lui dire que je croyais que c'était Brett.

Mount écarquille les yeux. Sa poigne se relâche un peu et il se met à caresser la peau de mon bras.

– Brett Hyde n'aura jamais la moindre chance de recommencer.

Je me souviens de ce que Mount a dit au sujet de mon prochain veuvage, mais le stress de l'autodéfense passé, je ne suis pas certaine d'avoir suffisamment de sang-froid pour ordonner l'exécution de Brett.

À la place, je dis quelque chose qui me permettra de trouver le sommeil.

– Tu as raison, parce que je vais lui donner ce qu'il demande. Ensuite, je ne le reverrai plus jamais.

Mount relâche sa prise.

– Je n'arrive pas à croire que tu puisses imaginer que tu vas lui donner même un centime.

Il joue avec mes mains comme avec les plateaux d'une balance.

– L'argent ou la famille ?

Je laisse tomber celle qui représente la famille et je lève celle qui symbolise l'argent.

– La famille pèse plus lourd que tous les dollars que je pourrais gagner. À quoi est-ce que ça me servirait si je ne les ai plus ?

Le visage de Mount se durcit.

– Tu ne vois même pas tes sœurs régulièrement.

Je ne veux pas lui demander comment il le sait, je suis sûre que cela me vaudrait une autre diatribe.

– Ça ne les rend pas moins importantes pour autant. Elles sont mon sang. Tu ne sacrifierais pas tout pour sauver les tiens ?

Le regard sombre de Mount se fait plus dur, il sort son téléphone de sa poche et pianote dessus. Lorsqu'il le range à nouveau, il lève les yeux sur moi.

– Il faut que j'y aille.

– Ok.

Je le suis jusqu'à la porte, mais il s'arrête devant.

– Où est-ce que tu crois que tu vas ?

– Je retourne dans ma cage dorée.

– C'est ta nouvelle maison. V restera en faction devant l'entrée, donc inutile de tenter de t'enfuir.

– Mais…

Il referme la porte sur mes récriminations, et me voilà captive d'une nouvelle prison de luxe.

***

Dès que Mount est parti, j'ouvre la porte en grand par acquit de conscience. Évidemment, La Balafre est là. Bon, à présent, je sais qu'il s'appelle V, mais personnellement je préfère La Balafre.

– Tu es mon chauffeur et à présent mon baby-sitter. Tu as une sacrée veine!

Le sarcasme est évident dans chacun de mes mots. Je lui claque la porte au nez avant qu'il puisse réagir et je cours ouvrir mon sac, car mon téléphone m'annonce l'arrivée d'un texto. Ça provient du même numéro inconnu, celui qui, je le sais à présent, appartient à La Balafre. Je l'enregistre dans mes contacts sous son nom.

La Balafre: Vous voulez dîner? Le chef va vous préparer quelque chose.

Keira: J'envisage de faire une grève de la faim.

La Balafre: Le boss ne va pas aimer ça.

Keira: Je me fiche comme de l'an quarante de ce qu'il aime ou pas.

La Balafre: Alors, vous allez manger ce que je vais vous apporter. J'espère que vous aimez le foie.

Keira: C'est dégueulasse. Tu penses qu'il va apprécier que tu empestes ses appartements avec cette puanteur?

La Balafre: Alors, choisissez quelque chose.

Je réfléchis un moment et je compose le menu le plus ridicule que j'ai jamais vu.

Keira: De la soupe de tortue, une queue de homard de Nouvelle-Zélande, un steak de bœuf argentin élevé à l'herbe, de la purée de pommes de terre aux truffes (avec des morceaux mais pas la peau), une amandine de petits pois bio et un soufflé au chocolat accompagné de compote de fraises fraîches.

Un sourire triomphant sur les lèvres, j'attends un message de réponse, mais n'en obtiens aucun. Cela ne diminue pas ma satisfaction. À présent, il ne peut pas me reprocher de ne pas manger. J'ai suivi les instructions. J'arpente la pièce. Je n'ai pas envie de fouiner, mais je ne peux m'empêcher de jeter un nouveau coup d'œil à la chambre et de fouler la moquette noir et or jusqu'à la salle de bains digne d'un palace. La pierre naturelle y est veinée d'or et de noir. Je ne peux m'empêcher de me demander d'où vient son obsession pour ces trois couleurs. Ma curiosité ne va pas m'aider à me sortir de cette situation.

Mon téléphone toujours à la main, je pense soudain à la seule personne qui pourrait peut-être me donner un bon conseil.

Je clique sur le dernier message de Magnolia et je lui en renvoie un.

Keira : J'ai besoin de te parler. ASAP. C'est la merde.

J'attends de longues minutes en examinant les robinets en or d'une baignoire de la taille d'une petite piscine, puis j'inspecte les w.-c. qui sont plus vastes que la salle de bains de mon appartement. Il y a même un putain de bidet.

Mon téléphone vibre et je retourne mon attention vers l'écran.

Magnolia : G 1 réunion 2 boulot ce soir. La merde à quel pt ?

Keira : Assez pour penser que je suis en train de perdre la boule.

Magnolia : J'annule. Te rappelle ds 10 min.

Je sors de la salle de bains et j'enlève mes talons afin de laisser mes pieds s'enfoncer dans l'épaisse moquette.

Le prix au mètre carré d'une propriété dans le Quartier Français atteint des sommes folles. Plus que je ne pourrais jamais me permettre, et voilà que Mount en possède Dieu sait combien. La curiosité que j'avais ravalée plus tôt ressurgit, et je décide qu'il est temps d'obtenir de Magnolia un maximum d'informations sur Lachlan Mount.

Sans compter que je lui dois plus de deux millions de dollars. La réalité de la situation me frappe d'un seul coup. Comment vais-je le rembourser ? Même si j'arrivais à obtenir un événement comme celui des Voodoo Kings tous les mois et que mes ventes quadruplaient dans les deux ans qui viennent, je ne m'en sortirais toujours pas. Et c'est compter sans ce que ça me coûterait de m'agrandir pour pouvoir répondre à ce type de demande.

Mais bon, Mount ne m'a pas demandé le moindre remboursement en argent, uniquement en faveurs sexuelles. Mon téléphone sonne. Je réalise que j'ai perdu la notion du temps quand le numéro de Magnolia apparaît sur l'écran. Je réponds immédiatement.

– Hé.

– Qu'est-ce qui se passe ?

– Par quoi est-ce que je dois commencer ?

– Le début. Je te suggère. Vas-y, Ké-Ké.

C'est donc ce que je fais, en commençant par le retour de Brett.

– Putain, c'est pas possible. Tu te fiches de moi. J'étais là, sous ce voile aussi noir que le charbon, quand tu as inhumé ses cendres.

J'avais insisté sur le fait que ce n'était pas nécessaire, mais elle ne voulait pas causer de drame pendant l'office.

– Ouais, bon, apparemment ce n'était pas ses cendres, et quelqu'un a payé le médecin légiste pour qu'il certifie que c'était bien lui.

– Sincèrement, pas besoin d'être un génie pour comprendre qui.

Elle n'a pas tort.

– Ça ne nous dit toujours pas qui pouvait bien être dans cette voiture.

– Je n'en ai aucune idée. Mais je suis certaine de ne pas vouloir le savoir.

– Je parie que Brett doit être en train de se dire qu'il aurait mieux fait de rester mort.

– Probablement pas, parce qu'il va repartir avec plus de fric encore.

– Tu ne peux pas lui donner.

La réponse de Magnolia ressemble à un sifflement de colère.

– Je n'ai pas le choix.

Nous parlons de Brett pendant quelques minutes encore, puis elle change de sujet parce qu'elle ne peut me faire changer d'avis ni abandonner le plan que j'ai concocté avec le sac de marin, le trench-coat, les lunettes de soleil et les liasses piégées à la teinture.

Tout ça me paraît tenir la route.

– Donc, que s'est-il passé après que Mount a accouru à ta rescousse ?

– D'abord, il n'est pas venu à mon secours. Il est arrivé après le départ de Brett, c'est son homme de main qui est arrivé en premier.

– Ce sont des détails mineurs, Ké-Ké. Balance les trucs sérieux.

Magnolia a toujours été autoritaire, je me prépare donc à faire ma nouvelle révélation.

– J'ai découvert que c'était Mount, la nuit du Mardi Gras. Pas Brett.

– Qu'est-ce que tu me racontes ? (Rien qu'au ton de sa voix, je sens que Magnolia est choquée.) Comment ça ?

Je secoue la tête, bien qu'elle ne puisse pas me voir.

– Je ne sais pas, mais ça me fait vraiment flipper. C'est cette nuit-là que j'ai décidé que Brett était le bon. La nuit où j'ai décidé que c'était une bonne idée de m'enfuir avec lui parce qu'il était tout ce que je désirais. J'avais tellement tort. Ce n'était même pas lui.

– Seigneur Jésus, Ké-Ké. Il n'y a que toi pour te marier uniquement à cause d'une bonne partie de jambes en l'air. Je te jure. Et tu n'as même pas épousé la queue qui t'a fait grimper aux rideaux.

Je fixe le plafond laqué noir.

– Ce n'est pas ma faute ! Tout cela n'a aucun sens.

– Et ensuite, qu'est-ce qui s'est passé ? Il doit bien y avoir autre chose.

– On s'est battus…

Je m'arrête, ravalant la confession que j'ai encore du mal à énoncer. Étrangement, j'éprouve plus de difficulté à avouer ça que la partie de jambes en l'air pendant la soirée du Mardi Gras.

– Et ? m'interrompt Magnolia.

La seule façon dont je suis capable de le dire, c'est d'y aller cash, alors c'est exactement ce que je fais.

– Il m'a embrassée. Il m'a promis qu'il empêcherait qu'on fasse du mal à ma famille, et ensuite… ben tu sais.

– Attends une seconde, putain.

J'imagine les gestes de la main qu'elle fait en intégrant ce que je ne voulais pas admettre.

– Il t'a embrassée ?

Magnolia a l'air encore plus choquée par ça que par le fait que mon mari soit toujours vivant.

Je décide de poursuivre.

– Ouais. Et ensuite…

– Non, arrête. Il faut qu'on parle de ça parce que… ça ne ressemble pas à Mount. Il n'embrasse jamais. Je dois vraiment faire comprendre aux filles que c'est une limite à ne pas franchir avant de les lui envoyer.

Les implications de ce qu'elle est en train de me raconter me sautent soudain au visage.

– Attends. Tu es en train de me dire que c'est toi qui lui fournis ses maîtresses. Tu te fiches de moi ?

– Ké-Ké. Tu connais mon boulot.

Pendant une seconde, je décèle une légère excuse dans sa voix.

– Mais…

– Il veut des filles étrangères, pas des locales. Alors, je les trouve, je les habille, je les fais venir, je vérifie qu'elles sont correctement entraînées à répondre à tous ses désirs et qu'elles ont bien compris ses règles, et je les lui envoie. Ensuite, je ne les revois plus jamais.

Mon cœur bat fort dans ma poitrine.

– Pourquoi ne m'en as-tu jamais parlé ?

– Parce que nous ne parlons pas de mon boulot. Lorsque tu es là, on fait comme si ma profession n'existait pas. À part ça, je t'ai dit tout ce que je savais. Tout ce qui était utile, en tout cas.

– Et lui fournir des putes n'était pas utile ?

Voilà que je hurle sur Magnolia, un truc que je n'ai pas fait depuis des années. Pas depuis qu'elle a été virée de l'école et que je lui en voulais à mort d'avoir perdu sa bourse d'études. Au même instant, la culpabilité m'envahit.

Elle a raison. Nous ne parlons vraiment pas de ce qu'elle fait. Jamais. Comme si je voulais nier l'évidence.

Sympa, Keira. À présent, c'est toi la copine nulle.

– Ce ne sont pas des putes. Mes filles sont bien plus classieuses que ça, alors arrête de prendre ce ton accusateur.

Une autre bouffée de culpabilité me submerge et je respire un grand coup avant de poursuivre.

– Excuse-moi. Ce n'est pas ce que je voulais dire. Mais s'il te plaît… il faut que tu me dises tout ce que tu sais parce que là, je suis dans sa chambre à coucher et je ne sais absolument rien sur lui, à part les petits trucs que tu m'as racontés.

– Attends. Tu es dans sa chambre ?

Magnolia insiste bien sur les deux derniers mots comme si j'avais pu me tromper.

– Oui. Sa chambre.

– C'est dingue. Il a toujours installé les filles dans une maison différente. Facilement accessible, mais d'après ce que j'ai entendu dire, il ne leur a jamais rendu visite ailleurs. Il ne les a jamais sorties en public. Et jamais amenées dans sa propre chambre. C'est un sacré challenge, Keira. Il faut qu'on la fouille.

Je recule mon téléphone et je fixe l'écran comme si son visage allait apparaître à l'écran après sa suggestion de dingue.

– Et tu n'as plus peur que mon téléphone soit sur écoute ?

Je le repose sur mon oreille, mais j'entends Magnolia déjà en train de rationaliser les choses.

– Quel homme pourrait s'attendre à ce que tu ne te mettes pas à fouiller la première fois qu'il te laisse seule dans sa chambre ? C'est pratiquement une procédure standard, alors vas-y. Bouge tes fesses. Commençons par la salle de bains.

Je me jette sur le sofa en cuir.

– Je vais avoir besoin de boire avant d'avoir suffisamment de couilles pour me mettre à fouiller dans l'armoire de la salle de bains de Mount.

– Alors, sers-toi un verre et vas-y. On n'a pas toute la nuit.

En arrière-fond, j'entends des bruits de bouteille et le tintement de glaçons dans un verre.

– Moi aussi, je me sers un verre, on va faire ça ensemble, un verre et une pièce à la fois.

Je pose mon front sur mes genoux.

– C'est peut-être la pire idée qui soit. Après que tu as été virée de l'école, bien entendu.

– Ké-Ké, j'ai eu absolument tout ce que je voulais, en commençant par cette pipe dans le placard des fournitures à l'école. Ne sois pas triste pour moi. J'ai parfaitement optimisé une situation qui aurait pu tourner bien pire que ça.

Elle a peut-être raison, mais je n'aime pas penser à ça. *Etttt, je me sens encore coupable.*

– Prends-toi un verre et une bouteille, tu ne vas pas me faire croire qu'il n'y a pas d'alcool chez ce type.

Là encore, Magnolia a raison.

– D'accord. Attends.

Je me dirige vers les étagères en verre où sont rangées les bouteilles d'alcool.

– Il n'a pas de *Seven Sinners.*

– Eh bien, tant mieux, parce que de toute façon ce n'est pas avec ça que tu vas te torcher au point de te faire pousser une paire de couilles. Prends un verre, Ké-Ké. Dépêche-toi.

– Ok.

J'attrape une bouteille de vodka sur l'étagère du haut. C'est une très mauvaise idée, mais vu que je ne supporte ni le scotch ni la tequila, qui semblent être mes seuls autres choix possibles, c'est ce que je peux faire de mieux. Je ne me donne pas la peine de prendre un verre, je bois une gorgée directement au goulot.

– C'est dégueulasse, dis-je, après l'avoir reposée. Comment est-ce que les gens peuvent boire ce truc ?

Je lis à voix haute la marque de la vodka et elle reste silencieuse.

– La plupart des gens n'auront jamais cette chance, parce qu'une seule de ces bouteilles coûte plus de mille dollars.

Soudain, l'idée de la descendre en recherchant des indices de la véritable personnalité de Mount ne me semble plus aussi débile.

– Ok, direction la salle de bains !

Une heure plus tard, j'ai fouillé la salle de bains de fond en comble et le salon dans ses moindres recoins. Je tente, sans y parvenir, d'ouvrir avec une épingle à cheveux la seule porte fermée à clé.

– C'est sans espoir. J'aurais dû regarder plus de vidéos sur YouTube.

– Alors fais-le maintenant et rappelle-moi.

Je tombe à la renverse sur le lit le plus confortable qu'il m'ait jamais été donné de toucher.

– Je ne peux pas. Ça tourne, Mag.

– Merde. Tu es une telle petite nature pour tout ce qui n'est pas du whiskey. C'est vraiment incompréhensible.

– Quand est-ce que ça va s'arrêter de tourner ?

– Après que tu auras vomi ou que tu te seras évanouie.

– Beurkk. Je ne veux pas vomir.

– Tant mieux, ça veut dire que tu n'es pas une poivrote, alors ne te comporte pas comme si tu l'étais. Tu es allongée ?

– Ouais.

– Pose un pied par terre, ça va t'aider à maîtriser le tournis.

– Ok.

– Tu as bien tout remis à sa place, n'est-ce pas ?

– Hmmm, ouais. Reçu cinq sur cinq, ma poulette.

– Merde. Tu es vraiment bourrée.

– C'est vrai, je me marre. Faut que j'te quitte. Ce truc de tournis est de pire en pire. Vais essayer le truc de la jambe. Suis crevée.

– Oui, et vu la façon dont tu marmonnes, tu vas te détester demain matin.

– Ça, c'est sûr, va falloir que je file à cette merde de Brett tout l'argent que Mount a mis sur mon compte pour m'éviter la faillite. L'enfoiré !

À cet instant, je ne sais même plus de qui je suis en train de parler.

– Sincèrement, je ne crois pas que Mount va te laisser faire, Ké-Ké.

– Il ne peut pas m'en empêcher.

– Ok, ma belle. Dors un peu. Mets ton réveil.

– C'est déjà fait. 'nuit, Mag. Je t'aime.

– Moi aussi, je t'aime. Et avant de tomber dans les pommes, il faut que tu te rendes compte que rien de ce que fait Mount avec toi n'est normal. Si j'avais à deviner, je dirais que tu es en train de le forcer à briser ses règles.

– C'est Mount qui décide de toutes les putains de règles. Aucune d'elles ne s'applique à lui.

Je raccroche avant qu'elle puisse répondre. Ou j'essaie, mais le téléphone me tombe des mains et me heurte le visage.

– Aïe. Enfoirés de Russes. Qui peut préférer cette merde au whiskey ?

C'est la dernière pensée dont je me souvienne avant de tomber dans les bras de Morphée.

NEUF

MOUNT

Depuis ma position sur le quai, j'observe le pauvre imbécile, pieds et poings liés à l'arrière de l'hydroglisseur de Ransom.

Saxon est debout à côté de lui, et nous attendons tous que ce connard se réveille pour qu'il puisse réaliser à quel point il a merdé en rompant sa part du marché et en revenant à la vie. Saxon enfonce le bout de sa botte boueuse dans les côtes de l'homme.

La tête de Brett Hyde bouge légèrement et recule, ses paupières lentement s'entrouvrent et tressaillent puis se referment d'un seul coup lorsque la torche que tient Ransom l'aveugle.

– Je parie que tu regrettes de ne pas être resté mort, Brett, lance Ransom sur le ton de la conversation, avec son accent du bayou à couper au couteau.

– Mais qu'est-ce qui s'est passé, bordel ? demande Brett, sans doute parce que je n'ai pas épargné ma force quand je l'ai assommé à coups de revolver.

Ransom le pousse.

– On te donne une chance d'adresser une dernière prière au Tout-Puissant avant qu'on te fasse faire le dernier voyage.

Ransom est un rat du bayou à la langue bien pendue qui a commencé à faire de la contrebande à peu près au moment où je suis entré dans l'organisation que je dirige maintenant. Il connaît ces marais comme sa poche, et heureusement pour moi, il se fiche royalement de ce qu'il transporte du moment qu'il est grassement payé. Je n'ai pas d'amis, mais si j'en avais, je pourrais le considérer comme tel. Nous avons beaucoup bossé ensemble ces vingt dernières années. Des deux, c'est lui le causeur. Je suppose que c'est utile dans le business des transports. Saxon, lui, préfère rester dans l'ombre et parler le moins possible. Mais je n'ai jamais rencontré personne qui soit meilleur que lui avec un flingue, un couteau, au garrot ou même avec un putain de stylo lorsqu'il s'agit de tuer. C'est un vrai professionnel, dans tous les sens du terme, et je lui fais confiance pour mes boulots les plus difficiles. Je ne laisserais même pas mes propres gars toucher la merde que je lui fais manipuler. Je n'ai jamais rencontré personne qui sache cacher ses émotions comme Saxon. C'est un fils de pute sacrément malin.

Au lieu de se mettre à prier, Brett se met à pérorer.

– Allez tous vous faire foutre ! Et cette salope aussi. Espèce de petite princesse pourrie gâtée ! Elle se sert de son cul pour que tu sauves sa précieuse distillerie ? Elle est donc tellement douée pour que tu la payes pour baiser ? J'aurais peut-être dû passer plus de temps dans sa chatte.

Des bulles de sang se forment entre les dents manquantes de Brett lorsqu'il parle, et je n'éprouve aucun remords quand Saxon lui balance un autre coup de pied dans la figure en en pétant quelques-unes de plus.

– Ferme ta gueule, espèce de merde !

Brett crache ses dents brisées.

– C'est toi la merde, Mount. J'ai entendu dire que tu avais été trouvé baignant dedans.

Je m'aperçois que je me fiche complètement que Brett m'insulte. Il vit les derniers instants de sa vie. Mais les insultes qu'il profère contre Keira lui vaudront un supplément de souffrance.

– Tu as braqué un flingue sur ta femme et tu as menacé de tuer sa famille. Je trouve que tu as gagné haut la main le concours de la plus grosse merde, dit Ransom.

Brett le regarde fixement.

– Je ne l'ai pas épousée pour son cul. Je voulais le fric. Je pensais que c'était une vraie vache à lait, facile à plumer. Mais elle avait mis sur la paille cette fichue distillerie. Je n'ai pu grappiller que quelques dollars par-ci, par-là, elle n'avait plus de cash.

Il crache un peu plus de sang avant de poursuivre.

– Et j'emmerde sa famille.

Saxon le frappe à la poitrine encore une fois et Ransom redémarre.

– Tu ne sais pas que c'est irrespectueux de parler comme ça de sa femme ? Bordel de merde, qu'est-ce qui ne va pas chez toi ? Tu as prêté serment en te mariant.

– Putain, c'était bidon. J'avais épousé une pétasse à Reno quand j'avais vingt-cinq ans et je n'ai jamais réglé ça. Keira n'a jamais vraiment été ma femme. C'était une vraie connerie, côté baise comme côté engagement.

Je saute à pieds joints du quai sur le bateau qui se met à tanguer sous mon poids.

– Tu étais déjà marié ? Tu te fous de moi ?

Hyde acquiesce.

– Qu'est-ce que ça peut te foutre ? Si tu pensais trouver une mine d'or dans cette distillerie, franchement, tu te mets le doigt dans l'œil, parce qu'ils ne réussiront jamais à gagner un centime. Tu t'es bien fait avoir, Mount.

Je m'accroupis et je parle tout doucement, pour que Brett soit le seul à m'entendre.

– C'est là que tu te trompes, espèce de naze de merde. J'ai obtenu absolument tout ce que je voulais dans cette affaire. Ce n'était pas le fric. C'était elle.

Les yeux de Brett s'écarquillent quand il réalise.

– Sans déconner…

Je me relève et je lui balance un coup de pied dans la tronche. J'ai bien envie de finir le boulot, mais je ne le ferai pas.

Il y a un autre endroit où je préfère me rendre. Je sors du bateau et je regarde Saxon.

– Fais preuve d'un peu de créativité. Prends ton temps, également. Il n'a pas besoin de mourir rapidement.

– Hé !

Brett proteste,

Saxon le cogne et se tait à nouveau. Il se retourne alors vers moi en hochant la tête. Apprendre que cette merde n'a jamais été légalement mariée à Keira ne change rien pour moi, mais ça aura sûrement de l'importance pour elle. D'un autre côté, ça lui montrera encore une fois à quel point elle s'est fait arnaquer. Je ne suis pas sûr que je vais le lui dire. De toute façon, ça n'aura plus aucune importance dans quelques minutes.

Je sors du bateau et je demande à Saxon :

– Tu as bien compris ?

Il semble être presque insulté par ma question. Je me tourne vers Ransom.

– Arrange-toi pour qu'on ne retrouve jamais le corps.

Ransom éclate de rire.

– Après toutes ces années, tu penses encore que j'ai besoin de ce genre d'instructions ? En plus, j'ai un couple d'alligators qui attendent leur repas.

Je cherche mon téléphone et j'ouvre une application sécurisée. Après quelques pianotages, j'en ai terminé.

– Votre fric est déjà sur votre compte. Je veux savoir quand ce sera fait.

– Oui, M'sieur, répond Ransom, et Saxon se contente de hocher la tête.

Puis il bâillonne Brett pendant que Ransom lance le moteur du bateau.

Je descends du quai et je me dirige vers la Mercedes noire que j'ai prise pour venir lorsque Saxon m'a prévenu qu'il avait le paquet et que Ransom était prêt à s'en débarrasser.

L'hydroglisseur s'éloigne du quai à toute vitesse en glissant sur l'eau après avoir effectué un virage. Il disparaît au loin avant que j'aie démarré la voiture.

***

Pendant que je rentre au Quartier, je ne peux m'empêcher de penser que cette journée a été foireuse, à tous les niveaux. Brett. Keira qui flippait. Comment elle m'a attaqué, et comment ça a déclenché une sorte d'impulsion en moi que je n'avais jamais connue. Je l'ai embrassée. Je n'avais jamais embrassé une femme, et je n'avais jamais fait l'amour sans préservatif. Jamais. Keira est une exception. Ça m'énerve de savoir que Brett n'a jamais été la barrière que j'avais imaginée, et pourtant je l'avais laissé se dresser sur mon chemin.

Il était déjà marié.

Pourquoi mes gars n'ont-ils pas trouvé son certificat de mariage dans ses dossiers ? Mon détective privé va devoir s'expliquer. Je secoue la tête en pensant à la grosse merde qu'était Brett Hyde. S'il avait été un tant soit peu moins con, il se serait assuré que ce truc était légal pour pouvoir bénéficier d'une partie des actifs. Mais quel est le point le plus important ? C'est que *Keira était légalement libre pendant tout ce temps*. J'aurais pu entrer dans la danse et emporter le morceau bien plus tôt. Mais, finalement, Keira avait besoin de réaliser par elle-même quel enfoiré était Brett.

Quand j'ai appris qu'elle avait changé ses serrures et vu un avocat pour divorcer, j'ai su que mon tour était venu. Enfin. Mais ça m'énerve quand même de penser à tout ce temps que j'ai perdu.

À présent, elle est une proie rêvée. Plus rien ne m'empêche de la garder indéfiniment.

Le diable qui m'accompagne en permanence me murmure à l'oreille : *Ou bien tu pourrais te débarrasser d'elle, parce qu'elle te rend faible.*

J'aimerais avoir un ange gardien qui me dise le contraire, mais je n'en ai jamais eu et je n'en aurai jamais.

***

Je ne regagne pas ma suite avant des heures. À cause de cette foutue voix, je me suis forcé à faire mon tour habituel dans les salles de jeu afin d'observer et d'être vu. Je ne dévierai pas de mes habitudes parce que je refuse de reconnaître que la voix à raison. Une fois satisfait, je regagne les passages secrets et je pousse la porte qui mène à mes quartiers.

La première chose qui me frappe est une étrange odeur de nourriture qui monte de la table basse.

Je soulève les couvercles en argent et je trouve de la soupe, du homard, un steak et Dieu seul sait quoi encore. Tout est intact. La lampe de chevet est allumée et Keira est endormie sur les couvertures, entièrement habillée. Elle serre dans une main ce qui semble être ma bouteille de vodka la plus chère. Un cadavre de bouteille, pour être plus précis. Son téléphone est posé à côté de sa tête.

Je me penche pour l'attraper en m'attendant à ce que ce léger mouvement la réveille. Pas du tout. Sa bouche s'entrouvre et un léger ronflement en sort. Je comprends qu'il n'y a pas la moindre chance qu'elle se réveille avant midi, ce qui me convient parfaitement.

Délicatement, je lui enlève la bouteille de vodka et je la fais rouler sur le côté. Je baisse la fermeture Éclair de sa jupe et je la lui enlève, ainsi que sa blouse. La lingerie qu'elle porte en dessous est hyper-sexy, mais ce sont les courbes de son corps qui me font bander contre la soie de mon pantalon.

Pas ce soir, je me dis en tentant de me calmer. *Elle est à moi, ce qui signifie que demain j'obtiendrai d'elle tout ce que je désire.*

J'ôte son soutien-gorge, parce que j'imagine qu'il n'est pas confortable de dormir avec. Je ne peux m'empêcher d'admirer la peau pâle de ses seins et ses mamelons roses parfaits qui se raidissent au contact de l'air frais de la chambre.

Pas ce soir.

Je la glisse nue sous les couvertures, comme si cela allait diminuer la tentation qu'elle représente. Comme Ève dans ce putain de jardin d'Éden. Adam n'avait aucune chance. Une bouffée de satisfaction m'envahit à la vue de sa crinière rousse indomptée répandue sur la taie d'oreiller en satin noir. On dirait du feu. Je n'ai jamais fait entrer de femme dans ce lit, mais je mentirais si je niais avoir imaginé ce moment précis plus souvent que je ne veux bien l'admettre. Je savais que je voulais Keira Kilgore dans mon lit, mais je n'avais pas réalisé à quel point elle allait me défier hors de ce lit, et combien sa soumission se révélerait addictive.

Je m'éloigne lentement et je me réfugie dans mon dressing pour me déshabiller. Je note mentalement de contacter G demain afin qu'il puisse composer une garde-robe complète pour Keira. Jusqu'à présent, je ne lui ai commandé que des tenues bien spécifiques, mais les choses ont évolué.

Quand je finis par me glisser à côté d'elle sous les couvertures, elle gémit doucement et se serre tout contre moi en tremblant.

Un truc qu'elle ne ferait jamais si elle était consciente, j'en profite donc et colle son dos contre mon front. Ma chaleur réchauffe sa peau, je passe un bras autour de sa taille.

Elle fait un bruit, comme si son cerveau essayait de reprendre conscience.

– Dors, je murmure, et un instant plus tard elle se remet à ronfler doucement.

Le simple fait que je trouve ça mignon me montre à quel point je suis baisé. J'ai dit la vérité à Hyde. Ce n'était pas pour l'argent.

Ça a toujours été pour elle. Il était aveugle de ne pas voir le trésor qu'il avait entre les mains, mais pas moi.

Je vois Keira Kilgore exactement pour ce qu'elle est en train de devenir: la seule femme assez forte pour rester à mes côtés et diriger un empire.

Elle me regarderait avec horreur si je lui disais cela maintenant. Elle a d'abord besoin de discipline et, en outre, elle en a envie. Je n'ai jamais rencontré de femme aussi têtue qu'elle, avec de tels penchants pour la soumission. J'ai hâte de les dompter, mais sans éteindre sa flamme intérieure. Je veux simplement la guider dans une autre direction. Demain, il sera bien assez tôt pour lui expliquer comment vont fonctionner les règles.

Elle se blottit contre moi dans son sommeil et je me demande ce qu'il faudrait pour la rendre aussi docile une fois éveillée. En dehors de la drogue ou de l'alcool, je veux dire.

Je ferme les yeux en pensant que je ne vais pas pouvoir m'endormir avec mon cerveau qui carbure à toute vitesse, mais étrangement, je m'assoupis en quelques minutes, le corps de Keira lové contre le mien.

DIX

KEIRA

Une sonnerie inhabituelle me réveille d'un cauchemar. J'ai les mains attachées dans le dos et je suis à genoux. Je supplie un homme sans visage de me tuer.

Je me redresse dans le lit, toute frissonnante, les vagues de terreur de mon rêve refluent jusqu'à ce que mes yeux s'ouvrent. Je me retrouve dans une pièce toute sombre. Je cherche mon téléphone lorsque sa sonnerie retentit à nouveau. Je me sers de l'écran lumineux pour éclairer la pièce. Ça cogne dans mon crâne.

La chambre de Mount.

La nuit dernière.

La vodka.

– Oh putain !

Je bondis hors du lit en me souvenant de ce que je dois faire aujourd'hui. J'ai rendez-vous à dix heures à la banque. Je suis censée retirer l'argent, le fourrer dans un sac, sortir, faire le tour du pâté de maisons et déposer le sac de marin à l'arrière d'un SUV noir qui sera garé le long du trottoir, hayon arrière ouvert.

J'ai répété le plan tant de fois dans ma tête que je suis au taquet.

Une brise fraîche envahit la pièce. Mes mamelons durcissent. Je les protège avec mes mains, tout étonnée de toucher ma peau. *Comment diable ?*

Je n'étais pas nue quand je me suis endormie. Cela signifie que…

Je cherche dans la pièce obscure l'homme qui a dû me déshabiller la nuit dernière, mais aucun bruit ne me parvient. Je me dirige vers la porte en titubant grâce à la lueur de mon téléphone pour allumer les interrupteurs. Je suis complètement nue.

Le bâtard.

Je baisse les yeux sur mon téléphone et je me rends compte que je suis toujours ivre en découvrant le rappel de rendez-vous… pour *midi*… dans quinze minutes. *Est-ce la raison pour laquelle la sonnerie qui m'a réveillée m'a semblé différente ?*

Je cligne des yeux deux fois de suite, parce qu'il est totalement impossible qu'il soit cette heure-là. J'avais mis deux alarmes différentes pour être bien sûre de ne pas rater mon rendez-vous avec mon mari, pas si défunt que ça. C'est impossible que j'aie continué à dormir sans les entendre. N'est-ce pas ?

J'ouvre le rappel de rendez-vous, et le texte complet apparaît.

Ton précédent rendez-vous a été traité.

Toutefois ton créancier exige ta présence dans son bureau à midi.

Parce que tu as des dettes, et des arriérés à payer.

Ouvre le tiroir de la table de nuit. Mets ce qu'il contient.

Apporte-moi la boîte en cuir en passant par la porte que tu as tenté d'ouvrir la nuit dernière.

Ne dis pas un mot avant qu'on t'adresse la parole.

La dernière ligne me déclenche une furieuse envie de lui flanquer une gifle, mais je suis subitement distraite par le début de son énigmatique message. Qu'est-ce que peut bien vouloir dire *Ton précédent rendez-vous a été traité* ? Est-ce que cela signifie qu'il a payé Brett. ? Ou que… Je ne veux pas envisager cette alternative, la seule chose qui compte pour l'instant, c'est la sécurité de ma famille. J'appuie sur l'icône et je déroule le menu jusqu'au numéro de téléphone portable de maman. Ça sonne trois fois, j'arpente la pièce en attendant qu'elle réponde. Elle ne le fait pas. Et son chaleureux message vocal n'est pas du tout réconfortant.

« Désolée de vous manquer ! Je suis probablement sur le terrain de golf. Envoyez-moi un SMS et je vous rappellerai après le dix-huitième trou ! »

J'appelle mon père dans la foulée. Ça sonne deux fois avant qu'il décroche. Je pousse un énorme soupir de soulagement.

– Oh, merci mon Dieu.

– Qu'est-ce qui ne va pas ? Il est arrivé quelque chose à la distillerie ?

À cet instant précis, la voix bourrue de mon père est pour moi la plus douce des musiques. Ça m'est complètement égal que la retraite ne l'ait pas fait changer et que ce soit la distillerie qui vienne toujours en premier.

– Non, il n'y a aucun problème. Je voulais juste m'assurer que vous alliez bien, toi et maman. Est-ce que tout va bien ?

– Tu es dans un de tes moments de panique face à la mort ? C'est ça ? me demande mon père, toujours superstitieux.

Je ravale la peur qui m'a envahie lorsque j'ai entendu le message vocal de ma mère.

– On peut dire ça. Quand maman n'a pas répondu, je me suis inquiétée.

– Nous allons bien. Elle est sortie avec Jury pour se faire faire les ongles. Pour une raison que j'ignore, ta sœur a décidé de débarquer chez nous hier soir avec un sac à dos pour tout bagage. Cette enfant ne grandira jamais. Elle est pourtant trop vieille pour agir ainsi.

– Jury est là ? Elle vous a dit pourquoi ?

En fait, je suis contente de l'apprendre. Voilà un membre de ma famille en moins dont je doive m'assurer qu'elle est toujours en vie, bien que je n'aie pas rempli mon contrat avec Brett.

Peu à peu, je me détends.

– Elle nous a dit qu'elle était entre deux boulots. Qu'elle avait besoin d'un point de chute et qu'elle faisait d'une pierre deux coups en nous rendant visite. Je te jure, si jamais elle fait de la pole dance dans le coin, on va me rendre la vie impossible à mon club.

Je ferme les yeux, heureuse d'entendre mon père médire sur ma sœur comme à son habitude.

– Je suis sûre qu'elle ne le fera pas, papa. Tu as parlé avec Imogène récemment ?

Il grommelle.

– Elle est bien trop occupée pour nous. J'ai reçu un mail d'elle ce matin dans lequel elle m'explique qu'elle a postulé à un de ces programmes post-doctorat hyper-sélects et qu'elle a besoin de lettres de référence de personnes qui ne font pas partie de la famille. Mais elle ne veut pas de mon aide. Simplement des suggestions de personnes à contacter.

C'est tellement typique de ma sœur cadette. Elle veut absolument tout faire par elle-même, même lorsque cela signifie rendre tout dix fois plus compliqué. C'est comme si elle craignait que demander de l'aide dévalorise ses réussites.

Ça sonne un peu familier, non ? raille ma voix intérieure. Je lui intime l'ordre de la fermer.

– Tout va bien… Tu améliores ton score au golf ?

– Ouais, ouais. Je m'ennuie à mort. Je m'occupe de l'association des copropriétaires, mais je songe à prendre un ou deux boulots de conseil pour m'occuper. Je ne fais que jouer à ce putain de golf. Ta mère m'y traîne chaque jour que Dieu fait.

– Papa…

– Ne t'avise pas d'en parler à ta mère. On en a déjà discuté. Mais je ne supporte pas d'être à la retraite. C'est le truc le plus idiot que j'aie jamais fait.

– Et si tu essayais de te détendre, tout simplement ?

Il soupire.

– C'est ce que tu fais ces derniers temps ?

Je ne peux évidemment pas lui raconter ma vie, alors je lui concède un point gagnant.

– Touché.

– J'ai travaillé dur et j'ai pris des risques, ma puce. N'attends pas d'avoir mon âge pour t'amuser. Tu devrais peut-être te trouver un homme digne de ce nom avant d'être trop vieille.

– Papa !

– Quoi ? Nous savons tous les deux que j'ai raison. Ce bâtard ne te méritait pas. Trop mielleux. Ne te laisse pas avoir par le suivant, ma fille. Fais en sorte d'avoir la main sur lui dès le début.

Je souris, bien qu'il ne puisse pas me voir.

– Bien sûr, papa. Mais il coulera beaucoup, beaucoup d'eau sous les ponts avant que ça arrive.

– Tu n'en sais rien. Voyons, nous sommes irlandais. Nous croyons au destin. L'homme qu'il te faut te trouvera et il ne te laissera plus partir quand il comprendra la chance qu'il a.

C'est probablement le plus beau compliment que mon père m'ait jamais fait, si l'on exclut la confiance dont il a fait preuve en me confiant la distillerie et en laissant sa retraite dépendre exclusivement de mes résultats.

Mes yeux s'emplissent de larmes.

– Merci, papa. Je t'aime.

– Moi aussi, Keir'. Appelle-moi si jamais tu veux embaucher un conseiller. Je connais un ou deux trucs sur le whiskey.

– C'est toi que j'appellerai en premier.

Nous raccrochons, et les bienfaits du compliment de mon père disparaissent lorsqu'un autre rappel apparaît sur mon écran.

Tu as dix minutes pour suivre mes instructions ou tu en paieras les conséquences.

– Merde !

Je n'ai aucune envie de savoir ce que Mount a prévu pour aujourd'hui, mais je sais une chose, j'ai besoin d'avoir des réponses. Que signifie son mot sur le rappel de mon premier rendez-vous ?

Il faut que je sache. Je jette mon téléphone sur le lit en me demandant comment il a pu faire pour pirater mon agenda, mais là n'est pas le problème sur lequel je dois me concentrer pour l'instant.

Je fais deux pas hésitants vers la table de nuit noire, avant d'ouvrir le tiroir du haut. Il contient une boîte d'une marque de lingerie de grand luxe que je ne pensais pas pouvoir m'offrir un jour. Je la sors, j'ouvre le couvercle, je repousse le fin papier de soie pour découvrir un soutien-gorge bustier, une jarretière et une paire de bas en soie. Je fouille dans la boîte à la recherche de la pièce de lingerie manquante, mais il n'y a ni slip ni string. Je fouille le tiroir. La seule chose qu'il contient, c'est un coffret en cuir noir.

Ce genre de boîte ne contient jamais rien de bon, me dis-je, mais apparemment, ma voix intérieure a décidé de jouer l'avocat du diable.

Sauf quand ces trucs provoquent des orgasmes.

Est-ce que je veux l'ouvrir ? Je me pose cette question pendant un quart de seconde avant de le faire.

C'est. Quoi. Cette. Merde.

Niché dans le velours noir, il y a un bâillon-boule et un plug anal argenté, plus large que le précédent.

S'il espère que je… Mon téléphone sonne à nouveau sur le lit, avec un autre rappel de rendez-vous.

Plus que cinq minutes.

Tu trouveras tes chaussures derrière la porte.

Quel misérable prétentieux ! Je ne vais pas attendre cinq minutes. Il a bien trop de choses à m'expliquer.

La boîte en cuir dans une main, je m'avance vers la porte que j'ai tenté, complètement saoule, d'ouvrir avec une épingle à cheveux la nuit dernière. Je m'interromps avant de faire un deuxième pas.

Tu portes la lingerie et tu obéis ?

Je jette un œil sur mon corps nu et je respire un grand coup. Je ne vais certainement pas entrer comme ça là-dedans.

J'attrape la lingerie, mais je m'arrête en constatant que j'exsude l'alcool par tous les pores de ma peau.

Beurk. Je n'ai pas envie de souiller ces belles pièces de lingerie en les enfilant sans me laver d'abord.

En outre… Peut-être que si je suis gentille et obéissante, j'obtiendrai plus facilement des réponses qu'en affrontant Mount et en défiant ses ordres. En jetant un rapide coup d'œil à mon téléphone, je m'aperçois que j'ai perdu une minute à réfléchir. Il ne m'en reste donc plus que quatre pour me laver et m'habiller.

Eh merde !

Je me précipite dans la salle de bains, j'attrape une brosse à dents et du dentifrice sur la console, avant d'entrer dans l'immense douche et d'ouvrir l'eau chaude. Je me brosse les dents sans me préoccuper de savoir si c'est la brosse à dents de Mount, et je lave mon corps des traces d'hier soir.

Je suis consciente que les secondes s'égrènent. Je manque m'ébouillanter en fermant les robinets avant de m'envelopper dans une serviette-éponge. Je repose les pièces de lingerie sur la console, je me sèche à toute vitesse avant de mettre le bustier et d'attacher son ruban de soie. Je fais très attention aux bas, je ne veux pas les filer en les enfilant. Puis je me glisse dans le porte-jarretelles et j'attache les bas aux jarretelles sur mes cuisses. Une dernière sonnerie retentit dans mon téléphone. J'éprouve une envie folle de le balancer contre le mur. Au lieu de ça, je lis le dernier rappel de rendez-vous.

Tu es en retard. Pour chaque minute qui passe, sache je me vengerai sur ton cul.

Je me mets à frissonner, mes tétons durcissent, bien que je me dise que cela ne présage rien de bon. J'ai vu le plug anal. Alors, qu'est-ce que ça peut bien vouloir dire, *je me vengerai sur ton cul* ?

Je cours à la porte et je manque trébucher sur une paire de talons aiguilles extrêmement hauts, qui ne peuvent pas être désignés autrement que par l'expression « pompes de pute ». Mais dans ce cas, de pute de très, très grand luxe. Je les enfile sans réfléchir. Je touche déjà la poignée de la porte quand je me souviens que j'oublie une dernière chose et je retourne en courant ramasser la boîte en cuir sur le lit.

Il est 12h05. Je suis vraiment en retard.

Merde. Ça sent le roussi.

Je me rue sur la porte en tentant de garder l'équilibre pendant que je tourne la poignée.

La pièce dans laquelle j'ai essayé d'entrer la nuit dernière n'a rien à voir avec la chambre rouge infâme de torture que j'avais imaginée. C'est un bureau. Pour une raison inconnue et complètement dingue, je suis un peu déçue. J'étais persuadée que Mount possédait une pièce conçue pour assouvir ses fantasmes sexuels, mais apparemment il n'est pas tout à fait le pervers que j'imaginais.

Ou alors je ne l'ai pas encore percé à jour.

Assis derrière un grand bureau qui ressemble à celui de son autre pièce de travail, il fixe mon corps de ses yeux sombres quand je pénètre dans la pièce et que je referme la porte derrière moi. Des voix s'échappent de son téléphone qu'il a mis sur haut-parleur. Je m'aperçois alors qu'il est en pleine conférence téléphonique. Il me fait signe d'avancer pendant qu'il parle.

– Maintenant que tout le monde est là, allons-y. Yakamora, vous pouvez commencer.

Yakamora, un nom de famille qui m'est totalement étranger, se met à discuter des fluctuations du marché et des couvertures contre les risques. Je ne saurais dire si Mount lui prête la moindre attention, son regard est rivé sur le mien pendant que j'avance vers lui, juchée sur mes talons aiguilles, la boîte en cuir à la main.

– Je comprends votre crainte des risques, mais aucun de nous n'en serait là où nous en sommes si nous n'en avions jamais pris, dit Mount.

– Casso, vous voulez bien donner votre avis ?

Une voix grave à l'accent italien remplit la pièce. Ensuite, je ne prête plus attention à ce qu'elle dit parce que je me suis arrêtée à quelques dizaines de centimètres de Mount. Son regard part du bout de mes chaussures de pute et remonte le long des bas noirs, en s'arrêtant un moment sur mon piercing avant de remonter encore sur le porte-jarretelles, puis sur mon bustier.

– Ce n'est pas parce que ces méthodes ont réussi à la vieille garde qu'elles vont continuer à fonctionner pour nous. Si nous voulons maintenir un contrôle sur les événements, nous devons adopter une approche unifiée, dit Mount, et son regard atteint enfin mon visage.

Quand l'homme à l'accent japonais se met à discuter, Mount me tend la main, paume vers le haut.

Que veut-il? je me demande, l'espace d'un instant, avant de me rendre compte qu'il attend la boîte que je serre contre ma poitrine. Je la lui offre, mi-terrifiée, mi-ravie, à la pensée qu'il puisse utiliser sur moi les deux objets qu'elle contient.

Qu'est-ce qui ne tourne pas rond chez moi? Je ne devrais pas en avoir envie.

Mais j'en ai envie. Maintenant que je sais qu'il est en conférence, le bâillon prend tout son sens, mais cela n'en est pas moins intimidant pour autant.

Mount installe la boîte sur le bureau pendant que la conférence se poursuit. C'est un tour de table, et d'après les petites bribes que je comprends, cela concerne quelque chose que je n'ai absolument pas envie de savoir.

Mount soulève d'abord le bâillon, son regard noir semble presque lancer des étincelles. Il lève la main droite et appuie sur le bouton qui coupe le son.

– Tu as déjà porté un de ces trucs ?

Je secoue la tête en obéissant par là même à son ordre de ne pas parler. En fait, je n'ai rien à dire.

Son sourire prend cet air prédateur que je commence à connaître et qui signifie qu'il est à la fois content et excité.

– Bien.

Il rebranche le haut-parleur avant de se lever et de presser le bâillon sur mes lèvres comme s'il me défiait de parler.

Lors de nos escarmouches, je suis rarement obéissante, mais je ne suis pas sûre de vouloir découvrir la punition qu'il me réserve si j'interromps cette conférence avec mes protestations.

Une fois la balle dans ma bouche, il ferme le scratch derrière ma tête. Maintenant que je n'ai plus la possibilité de parler librement, mes autres sens sont exacerbés et mes tétons durcissent sous le fin tissu du bustier. Mount tend la main et en caresse un avec son pouce.

Un gémissement assourdi m'échappe. Je serre les cuisses l'une contre l'autre, mon nouveau bijou me fait déjà mouiller. Mount me dit quelque chose et il me faut une seconde pour réaliser ce que c'est.

– Petite cochonne.

Il m'attrape par les hanches avant de me retourner et de m'appuyer sur le creux du dos jusqu'à ce que je sois pliée en deux sur son bureau.

Mount se rassied alors et répond à une question, mais je suis trop gênée en pensant à l'obscénité de ma position, vue de derrière, ma chatte et mon cul directement exposés face à son visage. Je serre mes cuisses encore une fois. J'aimerais arrêter de mouiller, mais peu importe ce que me fait cet homme, chaque fois, mon corps devient sa proie.

Je vacille quand sa main se met à bouger, mais je me calme quand sa paume glisse sur ma peau en caressant mes fesses. Il presse avec son pouce et le glisse dans ma raie des fesses. Puis il change de direction, son doigt insiste sur le haut de ma fente, et mes terminaisons nerveuses se mettent à vibrer. Il arrête un instant, j'ouvre les yeux pour le voir appuyer à nouveau sur le bouton « silencieux ». Avant que je puisse émette un son, il me gifle la fesse droite. Cette fois-ci, il ne me laisse pas le temps de me reprendre, il continue, encore et encore, jusqu'à ce que mes deux fesses soient brûlantes, après cinq claques.

Une pour chaque minute de retard.

Je ferme les yeux pendant qu'il remet en marche le son du téléphone et continue tranquillement à caresser mes fesses en feu tout en poursuivant sa conversation.

Étrangement, la punition a pour effet de me faire mouiller plus encore. Je tente de détourner mon attention des sensations qui se déchaînent en moi pour me concentrer sur la conversation, mais en vain. Mes paupières se referment, je plonge dans un état d'hypersensibilité, je n'arrive plus qu'à penser au contact de Mount. C'est presque apaisant, ces caresses paresseuses et le son de sa voix, alors qu'il dirige la discussion avec autorité. Du moins, jusqu'à ce que son pouce glisse entre mes cuisses.

Le bâillon retient mes gémissements, mais la personne qui est en train de parler se tait tout à coup.

– Quelqu'un a-t-il des objections ?

Mount répond rapidement.

– C'est ma secrétaire. Ce matin, elle est incapable de suivre mes instructions.

Les hommes éclatent de rire. Ils sont probablement tous des trous du cul pleins de morgue, à l'instar de celui qui est en train de taquiner mon intimité par des mouvements de va-et-vient de son index.

– Allongez-la sur le bureau et montrez-lui qui est le boss. C'est comme ça que je faisais dans le bon vieux temps.

C'est l'Italien qui dit ça. J'aimerais bien lui flanquer un coup de poing dans le nez, mais je suis trop occupée à réfréner un autre gémissement.

Les caresses impitoyables de Mount durent si longtemps que je perds totalement la notion du temps. Le coup de fil continue pendant qu'il me pénètre avec deux doigts, et qu'il me masturbe lentement, jusqu'à ce que je me torde sur le bureau. À cet instant précis, je suis bien contente de porter un bâillon, car j'ai envie de le supplier de continuer. Au lieu de ça, j'agrippe l'autre bout du plateau en bois et j'essaie de rester silencieuse, en réprimant mes réactions.

Mais Mount est diaboliquement doué et lorsqu'il se sert de mon fluide pour humidifier mon trou du cul, je me mets à craquer. Je ne suis pas encore à l'aise avec ça. Je ne crois pas que je le serai jamais, mais mes terminaisons nerveuses envoient des signaux de plaisir à mon cerveau et, instinctivement, je cherche son contact.

Cette fois, la main de Mount se tend pour appuyer à nouveau sur le bouton « silencieux » avant de poursuivre ses caresses de plus en plus appuyées.

– Je baise ta chatte avec mes doigts et, maintenant, c'est le tour de ton cul. Tu penses que tu peux te taire ?

Je ne réponds pas. Évidemment, j'en suis empêchée par le bâillon, mais aussi parce que j'ai envie de le maudire pour me voler ainsi tout contrôle sur mon corps. Pendant que je m'efforce de rester silencieuse, Mount ouvre un tiroir et en sort quelque chose que je ne peux pas voir. Puis je sens un liquide froid tomber goutte à goutte dans ma raie des fesses. C'est du lubrifiant.

Il en met sur son doigt et se remet à me titiller.

– Écarte les fesses. Aide-moi à entrer. Montre-moi que tu en as envie.

Mount pousse en avant et moi, je recule pour l'aider à ouvrir mon anneau serré, ce qui m'arrache un autre gémissement.

Heureusement, le téléphone est toujours en mode « silencieux »

– Je vais te baiser le cul avec mon doigt pendant que je discute avec certains des hommes les plus puissants du monde, et ensuite je vais te baiser avec ce plug et je vais caresser ton clito avec ce nouveau piercing, jusqu'à ce que tu meures d'envie de jouir, mais tu ne le feras pas. Tu sais pourquoi ?

Je remue la tête, à défaut de pouvoir lui répondre.

– Parce qu'il est grand temps que tu bosses un peu plus sérieusement à rembourser cette dette et que je jouisse le premier.

Ses paroles arrogantes ne me touchent pas. Au lieu de ça, elles me poussent à être encore plus déterminée à prendre mon plaisir comme je le peux, peu importe ce qu'il me fait. Pourquoi devrait-il être le seul à prendre du plaisir ? En plus, je ne peux pas nier que je suis plus qu'excitée qu'il m'ait balancée sur son bureau pour profiter de moi.

Combien de nuits ai-je passées à bosser en souhaitant que l'homme dominateur de mes rêves entre, repousse mes piles de papiers et me bascule en avant pour faire ce qu'il voulait de moi ?

Plus souvent que je ne veux l'admettre.

Ceci est peut-être un jeu pour Mount, mais c'est aussi mon rêve qui devient réalité.

Quand il pousse à nouveau avec son doigt, j'avance mes hanches vers lui pour qu'il parvienne à passer. Quand il le retire, je frotte mon piercing sur la table, prenant mon plaisir partout où je peux le prendre.

– Ne t'avise pas de jouir, dit Mount avant d'enfoncer plus fermement son doigt dans mon cul, en me baisant lentement encore et encore, avant de remettre le téléphone sur « on ».

Ne jouis pas ? C'est un ordre que je n'ai aucune intention de suivre.

Je suis si proche de l'orgasme, entre mon clito hypersensible et son doigt dans mon cul, et voilà qu'il le retire.

Je tourne la tête pour pouvoir voir ce qui se passe derrière.

– Je pense qu'il va falloir réévaluer vos actifs et décider ce que nous pouvons nous permettre de redéployer pour obtenir une vraie évaluation de leurs ressources, dit Mount en se servant de sa main libre pour attraper le plug. Nous ne pouvons pas les conquérir sans comprendre exactement de quel pouvoir ils disposent.

Les paroles de Mount s'adressent aux hommes à l'autre bout du fil, mais elles font écho en moi. *Nous ne pouvons pas les conquérir sans comprendre exactement de quel pouvoir ils disposent.* À cet instant, je me fais une promesse que je ne romprai pas cette fois, je le jure. Mount ne saura jamais quel pouvoir il a sur moi. Si jamais il le savait, je ne doute pas une seconde qu'il l'exploiterait encore plus que maintenant, alors qu'il appuie l'extrémité du plug contre mon cul. Au contact du métal froid, je me soulève du bureau en soufflant violemment, mais Mount couvre le son avec le bruissement de différents papiers.

– Sommes-nous d'accord sur ce point, Messieurs ?

Les autres acquiescent pendant que Mount enfonce le reste du plug en moi, jusqu'à ce que sa base soit correctement positionnée autour de mon anus.

– Bien, parce que je pense que nous sommes prêts à passer au sujet suivant. Casso, c'est vous qui avez inscrit cette question à l'ordre du jour, alors pourquoi ne nous exposez-vous pas la chose ?

Mount se lève de son siège, attrape des serviettes antibactériennes dans le tiroir et nettoie le doigt qu'il vient d'enfoncer dans mon cul. Le métal du plug se réchauffe peu à peu pour atteindre ma température corporelle, mais il est aussi inflexible que l'homme qui l'a inséré en moi. Une fois qu'il s'est nettoyé, Mount reprend la conversation et le dialogue se poursuit. Je suis totalement ignorante de ce dont ils discutent. Ils pourraient tout aussi bien parler de cloner des licornes que je ne le saurais pas. Les mains de Mount m'attrapent par les hanches et il me retourne sur le dos, avant de couper le son à nouveau.

– Avant la fin de ce coup de fil, je vais te baiser la bouche ou le cul. Mais je me sens grand seigneur aujourd'hui, alors même si tu es arrivée en retard, je te laisse choisir.

Il jette un coup d'œil au téléphone.

– Tu as cinq minutes pour te décider.

La bouche ou le cul ?

Pendant que je soupèse les deux possibilités, Mount se penche et passe la langue sur mon clito en donnant un petit coup au piercing. Il n'a pas coupé le son du téléphone. Je me projette en avant en essayant de me frotter à son visage jusqu'à l'orgasme.

Mount soulève la tête et claque un baiser sonore à ma chatte, à côté de mon nouveau bijou.

– Ma petite coquine de secrétaire est en train de se faire sucer et de jouir avant moi. Voilà une chose que je ne te laisserai pas faire. Je veux prendre un bon morceau de ce qui m'appartient.

Il se remet à baiser ma chatte avec sa langue jusqu'à ce quelqu'un lui pose une question et qu'il remette le micro en marche.

– C'est acceptable. Ça peut marcher comme ça.

Il est clair que la conversation touche à sa fin, ce qui signifie qu'il va falloir que je fasse un choix. J'avais juré que je ne l'embrasserais pas, et il m'a fait mentir. Je lui avais dit que je ne me mettrais pas à genoux pour lui non plus, mais en réfléchissant à l'alternative et au fait que sa queue est plus large que ce plug, je sais quel choix que je dois faire. Mount transgresse mes règles les unes après les autres, et chaque fois, je perds une partie de la femme que j'étais, mais je gagne une partie de la femme que j'ignorais pouvoir être.

Je comprends finalement pourquoi cela s'appelle un échange de pouvoir. Mais entre Mount et moi, ça s'appelle plutôt une lutte de pouvoir.

Il prend ; je me bats.

Il menace ; je me rebelle.

Il raille ; je le contre.

C'est un cercle vicieux et, à cet instant, avec sa langue qui titille l'entrée de mon vagin, je ne suis pas certaine de vouloir continuer aujourd'hui.

À la place, je plonge les mains dans ses cheveux et je le tire en avant, mais s'il est une vérité universelle, c'est que Mount est plus fort que moi.

Il lève la tête et avec un sourire mauvais, il plonge deux doigts en moi.

– Accepté, dit le Japonais.

– Accepté.

L'Italien est d'accord.

– Accepté, conclut Mount, mais je me demande s'il a la moindre idée de ce à quoi il vient de s'engager. Si nous avons fait le tour, Messieurs, le devoir m'appelle ailleurs, et nous pourrons poursuivre par mail pour les derniers détails qui restent à régler.

Sur ce, ils se disent au revoir et Mount raccroche enfin. Il sort ses doigts de mon con et les suce.

– Alors, on fait quoi ? Le cul ou la bouche ?

Je cambre l'échine pour lui rappeler que je ne peux pas répondre.

– Tu peux me montrer. Si je baise ton cul, je n'ai pas besoin de t'enlever le bâillon.

Un petit sourire pointe sur le coin de ses lèvres.

Espèce de connard !

Il prend un immense plaisir à me narguer. Mount s'attend à ce que je me rebelle, il l'anticipe même.

Je commence à comprendre ses tics, c'est déjà quelque chose.

Je lève la main. Je pointe mon majeur vers ma bouche. Son regard brille de concupiscence.

– Enfin, putain.

Son téléphone se remet à sonner et il jette un coup d'œil à l'écran.

– Et tu es juste dans les temps pour mon prochain coup de fil.

Son regard plonge dans le mien.

– À genoux.

Encore la lutte de pouvoir, mais cette fois-ci, je décide de le surprendre, puisqu'il pense savoir à quoi s'attendre. Pas aujourd'hui. Aujourd'hui je vais montrer à Mount ce que ça fait de se faire voler le contrôle d'airain qu'il impose à son corps.

J'espère qu'il n'a pas prévu de prêter attention à ce coup de fil, parce qu'il ne se souviendra pas du moindre putain de détail.

ONZE

MOUNT

Même ses cheveux roux flamboyants ne rendent pas justice à son tempérament. Keira Kilgore a un esprit guerrier féroce, comme je n'en ai jamais vu chez une femme.

Son petit geste du doigt lui vaudra une punition… celle qu'elle aime le moins, je viens de m'en rendre compte. *Privée d'orgasme.*

Du coup, elle me maudira et j'aurai une bonne raison pour la coucher sur mes genoux et fesser ses fesses rebondies actuellement remplies par un plug, certes plus mince que ma queue, mais on va bien finir par réussir à l'étirer.

Bientôt. Mais, pour l'instant, je vais obtenir ce dont je rêve depuis cette toute première nuit.

Je recule sur mon siège et je désigne le sol entre mes jambes écartées. La flamme qui brille dans ses yeux verts me fait comprendre qu'elle a des projets me concernant. C'est exactement le test dont j'ai besoin pour me prouver que, quoi qu'il arrive, elle n'a pas le pouvoir de me distraire de mes affaires.

Elle ne représente pas une faiblesse, je le jure, pendant qu'elle tombe à genoux. Je sens déjà le triomphe couler dans mes veines alors que je dénoue son bâillon. Elle bouge la mâchoire d'un côté, puis de l'autre, sans doute est-elle raide d'avoir porté un bâillon-boule pour la première fois, mais je jure que ce ne sera pas la dernière. Je n'ai nul besoin d'entendre Keira me dire ce qu'elle pense de moi, je le lis dans ses yeux. Elle ne dissimule rien. Tout est parfaitement transparent sur son visage. À cet instant précis, elle se dit qu'elle va me faire perdre ma concentration et me voler mon contrôle sur moi.

Ça n'arrivera jamais, *sauvageonne.*

Ce qui m'étonne, c'est qu'elle n'essaie pas de parler. Peut-être est-ce à cause des paroles prononcées avec l'accent espagnol auxquelles je continue à répondre machinalement, ou peut-être est-ce parce qu'elle se concentre simplement sur sa tâche. Quoi qu'il en soit, mes quadriceps se contractent lorsqu'elle déboutonne mon pantalon, descend ma fermeture Éclair et libère ma bite. Ses cheveux roux s'étalent autour d'elle en me cachant sa bouche et mon gland.

Eh merde !

Je vais la regarder avaler chaque centimètre de ma queue, même si je dois rester debout et la guider moi-même, pour lui enseigner comment contrôler les réflexes de sa gorge.

Je plonge les mains dans ses cheveux et je les écarte de son visage en l'aidant. Elle lèche mon gland avec sa langue et sa technique de débutante me remplit de cette même sensation conquérante que j'ai ressentie lorsqu'elle a admis n'avoir jamais pratiqué le jeu anal.

Ça fait quoi d'être corrompue, Keira ? Je ne lui pose pas la question à voix haute, mais du regard. Elle rate ma raillerie parce que toute son attention se porte sur ma bite. Je ne vais pas m'en plaindre. Elle manque de pratique, mais son enthousiasme compense la chose lorsqu'elle tente pour la première fois de me prendre en entier.

Elle est loin d'y parvenir. Elle lèche ma queue en reculant, puis elle me branle à la main pendant qu'elle reprend sa respiration. Je veux bien être pendu, mais son inexpérience me fait bander encore plus dur et me donne envie de jouir bien plus vite que les maîtresses les plus expérimentées que j'ai eues jusqu'à présent.

Je détourne mon attention de l'appel téléphonique. Elle essaie de m'enfoncer un peu plus à chaque fois, mais elle a un haut-le-cœur avant de pouvoir y parvenir.

Merde. Au diable le coup de fil.

L'un des types à l'autre bout du fil me pose une question, mais la seule chose qui m'importe, c'est de plonger ma grosse bite au fond de la gorge de ma petite sauvageonne irlandaise.

Sa tête fait un mouvement saccadé quand j'interromps le coup de fil. Ma queue quitte sa bouche avec un bruit sec de « pop », mais je secoue la tête.

– Tu es loin d'en avoir terminé, pas avant de l'avoir avalée tout entière.

Prête à protester, elle reste bouche bée, mais j'en profite pour lui saisir le visage et garder sa bouche grande ouverte avec mon pouce fourré dedans.

– Chaque putain de centimètre de ma bite va descendre dans ta gorge avant que tu quittes cette pièce. Tu piges ?

Ses yeux étincellent de défi, ce qui me fait bander encore plus. Je pose mon autre main sur sa joue et je lui enserre le menton.

– Je vais te baiser la bouche et tu vas prendre ton pied comme la sale petite cochonne que tu es, ce que nous savons tous les deux. Si tu dis un seul mot, je te retourne comme une crêpe sur ce bureau, j'enlève ce plug et je t'encule.

Au lieu d'avoir peur, ce qui aurait été une réaction compréhensible, ses pupilles se dilatent et elle serre les cuisses, en laissant tomber une de ses mains de mes genoux jusqu'à son entrejambe.

– Touche cette chatte, et je te pince le clito derrière ton piercing, jusqu'à ce que tu hurles pitié pendant que je te refuse orgasme après orgasme.

Ma menace arrête son mouvement, et je poursuis.

– Remets ta main sur mon genou.

Elle prend à nouveau une expression de défi, mais elle s'exécute, et son obéissance me stimule.

– On t'a déjà baisé la bouche comme il faut ?

Elle déglutit et fait non de la tête. Je glisse mes deux pouces dans les coins de sa bouche et je la force à ouvrir la mâchoire.

– Bien. Parce que je suis sur le point de te donner une leçon, parce que, plus tard, il y aura forcément un examen.

Lorsque j'ouvre sa bouche, elle passe sa langue sur ses lèvres, humectant ainsi mes pouces.

– C'est bien, assure-toi que ces lèvres bouffeuses de bite soient glissantes, ta leçon va commencer.

Je me lève, mes mains guident toujours sa bouche ouverte, mais je tords ma queue de façon à ce qu'elle entre facilement dans le four chaud et humide de sa bouche.

Keira gémit et les vibrations montent directement dans mes couilles.

Quand mon téléphone se remet à sonner, j'arrache le fil. *Je ne veux plus être interrompu.*

J'emmerde le reste du monde, parce que je vais éjaculer dans la gorge de Keira Kilgore.

Pendant des mois, je me suis torturé en pensant qu'un autre homme la touchait, sachant que finalement, je l'aurais à ma merci. À présent, le temps est venu et je suis heureux qu'elle soit novice. Ça veut dire que ce connard de Hyde ne s'occupait pas bien d'elle, c'est la raison pour laquelle chacune de nos rencontres a été aussi explosive. Keira a besoin d'un vrai homme pour lui montrer ce qu'elle a raté, et je suis là pour m'occuper de ce job… et d'elle.

DOUZE

KEIRA

O*h merde !* Je comprends que je ne suis pas à la hauteur quand il se lève et commence à faire faire à sa bite des mouvements mesurés de va-et-vient dans ma bouche en s'enfonçant chaque fois plus profondément, jusqu'à ce que j'aie un haut-le-cœur.

– Doucement. Respire par le nez. Tu peux le faire. Putain, bouffe-la-moi tout entière.

Ses ordres ne déclenchent pas de rébellion chez moi. Non, je suis trop occupée à savourer ma victoire, vu la façon dont il a terminé son coup de fil pour m'accorder toute son attention.

Mount nique ma vie, mais je nique aussi la sienne.

Et voilà qu'il arrache le cordon du téléphone ?

C'est inestimable. Encore une fois, son gland cogne l'arrière de ma gorge avant que je sois prête, et j'ai à nouveau un haut-le-cœur.

– La prochaine fois que tu as un haut-le-cœur, avale-moi.

Il se retire et se renfonce lentement. J'essaie de suivre ses instructions, mais je n'y arrive pas. Je hoquette sur sa queue et je tousse pendant qu'il l'ôte de ma bouche en me regardant.

– Tu y arrives parfois ?

– Jamais, je murmure.

– Cela t'empêche d'essayer à nouveau ?

Je pince mes lèvres avant de répondre :

– Non.

– Est-ce que tu vas abandonner ? Tu vas laisser tomber ?

Laisser Mount gagner et prouver ainsi que je ne suis pas capable de prendre le contrôle de son corps comme il le fait avec le mien ? Jamais.

– Non, j'aboie presque.

– Bon. Parce que tu y es presque.

Il attrape à nouveau mon menton, et la douceur et le soin avec lesquels il tient mon visage me choquent plus que le but que j'essaie d'atteindre, celui de jouer les gorges profondes avec lui. Lorsqu'il s'agit de Mount, chaque point compte, quel que soit le contexte. Il enfonce sa queue, je respire par le nez et je déglutis, j'avale tout jusqu'à ce que le bout de mon nez appuie sur les muscles de son ventre plat. Son regard est triomphant, mais c'est différent d'avant. Il me faut une autre poussée et une autre déglutition pour réaliser que ce n'est pas de l'arrogance vaine mais de la fierté.

Il continue à baiser ma bouche. Plusieurs petits coups et ensuite une poussée profonde, en me prévenant à chaque fois avec une légère pression de ses mains, comme pour me préparer à ce qui va venir ensuite. Quand je me suis mise à genoux devant lui, ce que j'avais juré ne jamais faire, ma seule intention était de lui voler son pouvoir. Mais c'est autre chose qui est en train de se passer, à quoi je ne peux donner un nom.

– Tu vas avaler jusqu'à la dernière goutte, je t'assure, sauvageonne.

Je le défie du regard pour essayer de résister, mais cela ne semble pas l'impressionner. Au lieu de ça, il se met à baiser ma bouche de plus en plus vite, sans s'enfoncer trop profondément, en retenant ses coups pour se concentrer sur l'extrémité de sa queue. Ses mains ne quittent pas mon visage, même lorsqu'il éjacule dans ma gorge. Je tiens ma promesse et j'avale tout son sperme pendant qu'il lâche prise et saisit le bord du bureau pour rester debout.

À ce moment, je réalise que le jeu que Mount joue avec moi est plus dangereux qu'il ne le pense, parce que je viens de prendre l'avantage. J'ai quasiment mis à genoux l'homme le plus puissant et le plus redouté de cette ville, et j'ai hâte de recommencer.

TREIZE

MOUNT

Mon téléphone portable sonne sans interruption. Aucun doute, ce sont les Mexicains au nez desquels j'ai raccroché pour pouvoir donner une leçon de fellation à Keira, et je m'en fiche pas mal.

Je n'arrive pas à me souvenir de la dernière fois que j'ai joui aussi fort, en dehors des fois où j'ai éjaculé sans capote dans le petit con étroit de Keira. Je n'ai jamais fait confiance à une femme me disant qu'elle prenait la pilule, mais je ne sais pas pourquoi, elle, je lui fais confiance.

Il me suffirait d'un coup de fil pour vérifier, or je n'en éprouve même pas le besoin. Peut-être parce que dans je ne sais quel monde tordu, si je mettais Keira enceinte par accident, cela me procurerait un indéniable pouvoir sur sa vie. Je me suis promis très jeune que jamais je ne ferais naître un enfant dans ce monde infernal. Ce ne serait pas seulement une faiblesse, ce serait un péché mortel, bien pire que ceux que j'ai commis jusqu'alors.

En plus, je ne sais pas comment élever un enfant, comment l'aimer ? Ma vie entière est axée sur le contrôle ou le manque de contrôle, et tout ce que je connais, c'est la façon de garder le pouvoir pour lequel je me suis battu pendant tant d'années. Je sais que je devrais utiliser des préservatifs à présent, mais l'idée de mettre une couche de latex entre ma queue et son sexe de braise me fait grincer des dents.

Je ne veux rien qui s'immisce entre nous.

Je sais que je suis plus accro que je ne devrais l'être, mais je ne peux plus reculer. Et pire, je ne veux pas reculer.

Quand Keira se relève devant moi, ses seins pigeonnent dans son bustier alors qu'elle tente de reprendre sa respiration. Je lui attrape le menton encore une fois.

– Pas mal pour une débutante.

Elle lève une main tremblante devant son visage et replie tous ses doigts sauf son majeur et dépose un petit baiser sur le bout de celui-ci. Ça serait comment si elle était aussi docile après l'amour que pendant ?

Un rêve illusoire, sans doute. J'attrape son poignet et je la force à baisser sa main jusqu'à son entrejambe.

Sans quitter ses yeux verts pleins de défi, je passe son doigt le long de sa fente trempée.

– Tu sens ça ? Tu mouilles pour moi. Tu peux le nier, mais nous connaissons tous deux la vérité.

En me servant de son doigt, je découvre légèrement son piercing. Je sais que cela va la faire grimper au rideau en moins de deux.

– Tu trouves que c'est à ton tour de prendre ton pied ?

– Oui ! J'ai fait tout ce que tu voulais !

Sa réponse montre à quel point elle en a envie. Je me sers de son doigt pour titiller l'entrée de son vagin.

– Et cela te donne droit à un orgasme ?

Son hochement de tête est rapide, et je continue à la torturer avec son propre doigt. Ses gémissements à peine voilés me font bander à nouveau.

Avant qu'elle parvienne à jouir, je retire la main et je lui attrape l'autre poignet, puis je les serre tous les deux derrière son dos pendant qu'elle se débat.

– Non, tu ne peux pas jouir. Voilà ce que tu as gagné à arriver en retard.

– C'était juste cinq minutes !

– Cinq minutes ou cinq heures, tu étais tout de même en retard.

– Mais…

– Cherche-toi encore une excuse, et je vais m'occuper de tes fesses. En fait, je pense que tu es presque prête. Encore une taille et je vais enfin pouvoir enfoncer ma grosse bite dans ton cul.

QUATORZE

KEIRA

Comment se fait-il que mes tétons soient durs, ma chatte humide et que je meure d'envie d'attraper la lampe sur son bureau pour le frapper à mort, tout ça en même temps ? Cet homme me rend complètement dingue. Si je ne le quitte pas immédiatement, je vais faire quelque chose d'impensable.

Comme de t'allonger sur son bureau et de le supplier de te baiser en échange de ce qu'il veut, tant qu'il te laisse jouir ? Je fais taire ma voix intérieure en essayant de dégager mes poignets de son emprise. Étrangement, il me laisse partir. Je m'éloigne du bureau en essayant de jauger l'expression sur son visage. Impossible.

– Je suppose que tu aimerais aller travailler, me demande-t-il.

Travailler. Comment est-ce que j'ai pu oublier que je devais aller travailler ?

– Oui. Bien sûr. Il y a toujours beaucoup à faire là-bas.

– Je comprends ça.

C'est bizarre d'y penser, mais c'est peut-être la seule chose que nous ayons en commun. Nous dirigeons tous les deux notre entreprise. Ou, dans son cas, un empire. Mais là encore, c'est aussi mon but que *Seven Sinners* domine le marché mondial du whiskey. Mon père n'a jamais eu ce genre de plans, ni son père ou son grand-père, mais moi je vois grand. Je vois ce que nous pourrions faire si seulement j'avais les bonnes connexions et l'argent liquide nécessaire. C'est en partie pour ça que Brett m'a si facilement blousée. Il m'a fait croire qu'il partageait ma vision. Il a dépeint un avenir dont je rêvais et j'en suis tombée amoureuse, comme de lui.

Brett.

Penser à lui me déclenche des remontées acides, et je me rappelle le mot qui est apparu sur le premier rappel de rendez-vous de ce matin. *Ton précédent rendez-vous a été traité.*

Je mets quelques pas supplémentaires entre Mount et moi avant de formuler la question que j'avais au bout des lèvres lorsque je me suis précipitée pour le rejoindre.

– Comment as-tu… qu'est-ce que tu as…

Je trébuche sur les mots, incapable de les prononcer dans le bon ordre.

– Qu'est-ce qui s'est passé avec Brett ?

L'expression indéchiffrable de Mount se mue en une froideur que je commence à bien connaître.

– Je te le dis, tu n'auras plus jamais en t'en faire à cause de lui.

– Mais qu'est-ce que ça veut dire ?

Ma voix monte, parce que je ne peux pas laisser faire sans rien dire. La nuit dernière, tomber sur l'homme que j'avais enterré, en chair et en os devant ma porte, a été un choc énorme. Je ne m'étais jamais vraiment évanouie, mais là je suis tombée raide par terre.

Quand je suis revenue à moi, Brett était debout devant moi, il se dandinait d'un pied sur l'autre tout en croisant et décroisant les bras. Le canon de son revolver bougeait en permanence parce qu'il se servait de sa main pour s'essuyer le nez en reniflant comme s'il avait un rhume. Je ne l'avais jamais remarqué auparavant, mais Magnolia m'avait éclairée, j'ai compris qu'il était défoncé. À la cocaïne, je suppose. Je n'ai pas assez d'expérience, Dieu merci, pour savoir de quoi il s'agissait vraiment.

Son visage, jadis si familier, était plus mince. Ses joues avaient fondu et les cernes noirs qui entouraient ses yeux étaient si apparents qu'on aurait dit les miens quand je me lève sans m'être démaquillé les yeux après avoir passé la nuit dehors. Il n'a pas été bien long à me dire ce qu'il voulait. De l'argent. Et ce que je risquais si je n'obéissais pas ? L'élimination de toute ma famille.

Est-ce qu'il m'a vraiment fichu une peur bleue ? Oui. Est-ce que ça me mettait en pétard que les gens n'arrêtent pas de menacer ceux que j'aime ?

Absolument.

Il m'a exposé son plan et j'ai promis de lui obéir parce que, merde, j'avais déjà vendu mon corps pour eux, alors donner de l'argent que j'ignorais même posséder, qu'est-ce que ça pouvait bien faire ? À cet instant, il me semblait qu'il n'y avait rien que je ne sacrifierais pour eux, qu'ils le sachent ou non.

Quand Brett est parti, il a eu un rire atroce avant de refermer la porte.

Dommage que tu aies été si nulle pour diriger ta boîte. Je serais resté plus longtemps si cet endroit ne partait pas à vau-l'eau. Et en plus, tu étais un tellement mauvais coup. Pas sûr que j'aurais eu le courage de replonger ma queue dans ton con frigide.

J'ai eu envie de hurler. De rage. De lui dire que la seule raison pour laquelle j'avais fait le truc le plus irréfléchi de ma vie, à savoir m'enfuir avec lui pour me marier, c'était parce que je croyais que c'était lui qui m'avait offert ce dont j'avais toujours rêvé, la nuit de Mardi Gras. Mais je ne l'ai pas fait. Il n'était pas dans son état normal, je n'ai pas voulu faire empirer les choses. Je voulais simplement qu'il parte. À présent, je veux savoir s'il est parti une bonne fois pour toutes.

Je pose la question à Mount de but en blanc :

– Est-ce que tu l'as tué ?

Il se rassied dans son fauteuil, croise les doigts, puis pose ses mains à plat sur son bureau.

– Tu n'as pas encore compris que je ne répondrais jamais à cette question, quel que soit le nombre de fois que tu me la poseras.

Je me raidis et traverse la pièce jusqu'à ce que seul son bureau nous sépare.

– Tu ne crois pas que j'ai le droit de savoir si je suis une vraie veuve ou pas, à présent ?

Il baisse les yeux sur son bureau, je guette le moindre de ses mouvements. Il tapote ses pouces trois fois de suite avant de lever la tête et de me regarder.

– Je pourrais t'emmener devant n'importe quel juge ou prêtre dans cette ville, tu deviendrais ma femme en moins de deux.

Je vacille sur mes talons hauts et je tourne et retourne sa réponse dans ma tête avant de rétorquer :

– Comme tu les tiens sûrement tous, ils feront ce que tu leur dis de faire. Ce n'est pas ainsi ça que ça marche avec le tristement célèbre Lachlan Mount ?

Il décroise ses doigts, appuie ses deux mains sur le bureau et se lève juste assez pour être à ma hauteur.

– Tu as complètement raison.

Sa voix est profonde et rude, comme s'il me défiait à nouveau.

J'ouvre la bouche pour lui répondre, mais il continue à parler.

– Ne me pose plus de question quand je te dis que si je t'épousais aujourd'hui, tu serais légalement ma femme.

Ce n'est pas le fait qu'il sous-entende qu'il a tué ou fait tuer mon mari à un moment, entre la nuit dernière et ce matin, qui me fait trébucher. Non, c'est l'idée que Mount me force à passer devant un juge ou un prêtre qui me terrorise complètement.

Je retrouve mon équilibre et me redresse.

– Heureusement que toi et moi savons tous deux que ça ne se produira jamais.

Il esquisse ce sourire suffisant qui m'est maintenant familier.

– Ne dis jamais jamais, Keira.

Je détourne le regard et fais demi-tour. J'éprouve le besoin de sortir de cette pièce le plus vite possible, juchée sur ces fichus talons aiguilles. Quand j'atteins la porte, il ouvre à nouveau la bouche.

– Tes vêtements de travail sont dans mon placard. Garde le plug encore une heure et ne reste pas trop tard à la distillerie. J'ai prévu quelque chose pour toi ce soir.

QUINZE

MOUNT

Keira claque la porte de mon bureau derrière elle, et le sourire que je contenais s'étale enfin sur mon visage. Ma sauvageonne irlandaise est incapable de fermer une porte doucement.

Je cherche mon portable et je fais défiler les messages que j'ai ratés, ainsi que mes mails sécurisés, mais je n'arrive pas du tout à me concentrer.

Mon regard revient en permanence sur le sol, là où elle s'est agenouillée devant moi, puis passe sur le bureau, là où je l'ai fait s'allonger. L'odeur de Keira flotte encore dans l'air, je suis incapable de penser à autre chose.

Je quitte mon fauteuil en poussant un grognement dépité, je traverse la pièce pour refermer à clé la porte qu'elle a essayé d'ouvrir avec une épingle à cheveux, ce qui me fait bien rire, avant de tourner à gauche pour déclencher le mécanisme d'ouverture de la sortie secrète. Dès que je pénètre dans le couloir intérieur, la tension que je ressentais baisse de quelques degrés. Je me dirige vers mon autre bureau, puisque je ne peux pas me concentrer dans ma bibliothèque, à cause d'elle.

J'y suis presque arrivé quand je tombe sur J qui se dirige dans la même direction.

– Est-ce que tout va bien, patron ? Vous n'avez pas répondu à vos messages.

– Qu'est-ce que tu veux ?

– Les Mexicains sont furieux, ils exigent que vous les rappeliez sur-le-champ. Depuis la nuit dernière, la situation est devenue impossible.

J'utilise mon empreinte de pouce pour déclencher la serrure. La porte intérieure de mon bureau s'ouvre en coulissant, nous entrons tous les deux.

– Je n'ai pas à leur expliquer quoi que ce soit, et ils n'ont pas à avoir d'exigences. Ici, c'est ma ville.

J s'assied face au bureau.

– Combien de temps pensez-vous pouvoir les garder à votre botte ? Les cartels ne vont pas vous laisser gouverner indéfiniment.

Je ne m'attendais pas à une telle question.

– Me laisser gouverner ? Tu crois que c'est ça qui se passe ici ?

– Ils deviennent de plus en plus puissants. Personne ne les a jamais contrôlés comme vous, mais si l'équilibre venait à changer ?

Je serre les poings et les abats sur mon bureau.

– L'équilibre ne changera pas. Je les contrôle parce que personne ne possède l'influence que j'ai sur eux. S'ils ne font pas le moindre mouvement sans mon autorisation, ce n'est pas par un putain de hasard. Tu le sais très bien.

J fait partie de mon équipe depuis assez longtemps pour connaître mieux que quiconque, excepté V peut-être, les secrets dont je dispose et les chantages que j'exerce.

– Tout ce que je dis, c'est qu'il faut qu'on soit très malins. Peut-être qu'il vaut mieux, la prochaine fois, ne pas les faire chier en leur raccrochant au nez juste après avoir buté un de leurs lieutenants.

– Et tu penses que me soumettre à leurs exigences serait une meilleure façon de leur faire comprendre que je me fous du pouvoir qu'ils croient avoir ? C'est ma ville. C'est moi qui édicte les règles.

J se renfonce dans son fauteuil.

– Ne le prenez pas mal, patron…

– Tu sais que je flingue la plupart des gens qui commencent leur phrase ainsi.

– Oui, mais je ne serais pas le compagnon fidèle que je suis si je ne vous disais pas que ces derniers temps, vous êtes distrait.

La distraction à laquelle J fait référence, c'est Keira, et ça me fait chier que J aborde le sujet.

– Fais gaffe.

J lève les mains en signe d'apaisement.

– Je ne dis pas que c'est mauvais, je dis juste que… qu'elle vous tient. J'ai peur qu'elle se paye votre tête. Les autres, c'était comme si elles n'avaient jamais existé, une fois que vous étiez passé à autre chose, mais celle-ci semble différente. Et si je le vois, qui d'autre peut s'en rendre compte ? Vous êtes resté au top non seulement parce que les gens vous craignent et vous admirent mais aussi parce que vous vous êtes assuré de ne pas avoir de faiblesse qu'on puisse exploiter.

Je regarde fixement mon commandant en second.

– Je n'ai toujours pas la moindre putain de faiblesse à exploiter, et ce sujet est clos.

J hoche la tête respectueusement.

– Oui, boss. Quand vous aurez un peu de temps, il y a plusieurs décisions qui attendent votre accord. Faites-moi savoir lorsque vous voudrez vous en occuper. Je suis à votre disposition.

Le fait que J insinue que je ne suis pas au top dans mes affaires à cause de Keira m'exaspère.

– Maintenant. Débarrassons-nous de tout ça. Aucun de nous ne quittera cette pièce avant que tous les points en suspens n'aient été réglés. Tu penses que je suis distrait ? Tu te trompes foutrement. Rien n'a changé.

Même si je dis cela, je sais que je mens.

Tout a changé.

SEIZE

KEIRA

Je n'ai toujours qu'une seule tenue à ma disposition, mais la grande différence, c'est qu'elle est dans le placard de Mount. Je suppose que je pourrais tenter de transformer une de ses chemises sur-mesure en blouse, en utilisant une de ses cravates comme ceinture.

Cette pensée me traverse l'esprit une ou deux secondes avant que j'attrape la robe rayée noir et blanc sur son cintre, puis que je l'enfile. Encore une fois, c'est un truc de couturier, hors de prix et qui tombe à ravir. Oh, et la lingerie assortie comprend cette fois un string et un ravissant soutien-gorge en dentelle, c'est donc un plus. Lorsque j'ouvre la porte de la suite de Mount, V m'attend à l'extérieur. Il me dépose en silence au boulot, sans cagoule.

Je garde le plug comme prévu pendant une heure avant de me glisser dans ma salle de bains pour l'enlever. Ensuite, je me plonge dans le travail et je gère les problèmes les uns après les autres, jusqu'à presque oublier cette matinée.

Presque.

Je suis veuve.

Réaliser cela ne devrait pas me sidérer à ce point, vu que c'est ce que j'ai cru pendant des mois, mais savoir que ce n'est vrai que maintenant, c'est une situation totalement différente. Je devrais être triste, ressentir quelque chose, après que Mount « s'est occupé» de Brett. Mais, honnêtement, tout ce que je ressens, c'est du soulagement.

Est-ce que cela fait de moi quelqu'un d'aussi épouvantable que lui ?

Je ne peux même pas reprocher à Mount de m'influencer, parce qu'après notre première rencontre dans mon bureau, je me rappelle m'être dit que si Brett était encore vivant, je le tuerais de mes propres mains pour m'avoir mise dans cette situation.

Et la nuit dernière, quand il me décrivait la façon dont il allait tuer ma famille, j'ai voulu lui arracher son pistolet et le lui vider dans la poitrine, hormis peut-être une balle que je lui aurais tirée entre les deux yeux. Je pose mes coudes sur mon bureau et ma tête dans mes mains.

Qui suis-je donc ?

Je pousse un lourd soupir et je relève la tête pour regarder fixement le plafond. Je ne me reconnais plus. Je suis assise à mon bureau, celui dont j'ai rêvé alors que je n'étais encore qu'une petite fille. Je porte les vêtements qu'un homme a choisis pour moi, un homme qui a assassiné ou fait assassiner mon mari, et au lieu d'aller à la police pour leur raconter ce qui s'est passé, je ne pense qu'à une chose, c'est combien j'aimerais qu'il me saute sur ce bureau.

Qu'est-ce qui ne va pas chez moi ?

C'est une question à laquelle je ne peux pas répondre, je retourne donc à ma pile de travail en feignant de ne pas être tiraillée par une crise morale qui, j'en suis sûre, va finir par m'entraîner en enfer puisque je n'arrive pas à avoir le moindre remords. Je perds la notion du temps, probablement parce que ma dernière conférence téléphonique dure une heure de plus que nécessaire, pendant laquelle je négocie les premiers termes d'un contrat de fourniture avant de déléguer la suite des opérations à mes avocats.

– Nous vous verrons donc à Dublin dans quelques jours pour signer le contrat en personne à la GWSC ? me demande Roy.

C'est un des fournisseurs de l'orge bio de grande, très grande qualité, dont j'ai besoin.

GWSC, c'est la Global Whiskey and Spirits Conference, un événement auquel je rêve de me rendre depuis que mon père y est allé avec mon grand-père, quand j'avais vingt ans. Ensuite, papa a décidé que c'était une dépense que l'entreprise ne pouvait se permettre et, depuis que j'ai pris les commandes, j'ai fait comme lui.

– J'espérais pouvoir prendre un billet à la dernière minute, mais la soirée que je prépare me force à changer mes plans.

Ma réponse est une pure connerie. Je n'ai même pas songé à m'inscrire. Ce serait totalement irresponsable d'aller me balader dans cette conférence dont je rêve, alors que je n'arrive même pas à payer les salaires de mes employés. Enfin, je ne le pouvais pas tant que Mount n'était pas intervenu.

Quoi qu'il en soit, je ne vais pas avouer à un fournisseur important que *Seven Sinners* a des problèmes de trésorerie.

– C'est dommage. Il y a quelques gros clients qui seront là. Nous sommes vraiment excités d'y être parce que, cette année, nous avons doublé notre production et que nous avons eu plusieurs propositions intéressantes.

Je lis parfaitement entre ses mots.

– J'espère que ce n'est pas votre façon de me dire que vous allez faire monter les enchères, Roy. Vous et moi avons un accord.

Je le dis avec un sourire dans la voix, mais je serre le stylo que j'ai dans la main et je le tapote sur mon bloc-notes, en le recouvrant de gribouillis.

Roy part d'un grand éclat de rire.

– Bien sûr que non. Vous me connaissez. Je suis un homme de parole.

– C'est bon de savoir qu'il existe encore des hommes en qui on peut avoir confiance. C'est devenu tellement rare de nos jours. J'espère que je vous verrai à la GWSC de l'année prochaine.

Nous raccrochons en nous promettant de faire établir notre contrat par nos avocats et je regarde les gribouillis sur mon bloc-notes autour des termes de notre accord.

Je fais une bonne affaire, si ses avocats ne font pas tout foirer. Car c'est un fait, ils adorent tout compliquer. Je repense aux dernières minutes de notre conversation, à propos de la GWSC, et je me prends à rêver un moment. Je rouvre la page d'inscription sur leur site et j'en relis les détails. Si je pouvais y aller, j'aurais l'occasion de développer mon réseau. Cela pourrait faire toute la différence entre le développement dont je rêve pour *Seven Sinners* et la poursuite de sa survie, cahin-caha. Mon père me dirait que je suis idiote d'y songer, mais il est d'une autre génération. Travailler dur. Mouiller le maillot. Persévérer. Je ne peux pas perpétuer la tradition familiale de cette façon. Je veux bâtir un empire du whiskey.

Mon Dieu. Voilà que je me mets à ressembler à Mount.

Je repousse ma chaise et je me lève. Ma tête, mes épaules et mon dos protestent contre ma trop longue position assise, et mon estomac gargouille. *Une chance que je sois propriétaire d'un restaurant.* Je sors de mon bureau et j'aperçois Tempérance qui se dirige vers moi à grands pas.

– Oh, super. J'avais peur que tu aies oublié.

Je me mets à réfléchir à toute allure pour tenter de comprendre de quoi elle parle.

– Oublié quoi ?

– Eh merde, tu as vraiment oublié. C'est ça ? Ok. Tu n'es pas en retard. Je venais te chercher pour que tu sois à l'heure.

Elle m'entraîne vers l'ascenseur, mais je n'ai toujours pas la moindre idée de ce dont elle parle.

– Qu'est-ce que j'ai oublié ?

L'ascenseur s'arrête et nous montons. Tempérance appuie sur le bouton du dernier étage.

– Ton rendez-vous avec le patron de l'Office du tourisme.

– Oh merde !

Elle a raison. J'avais complètement oublié.

– C'est un assez gros coup, Keira. Je pensais que ça t'enthousiasmerait, pas que tu zapperais complètement le rendez-vous.

Je suis sur le point de lui avouer que ma vie a été assez mouvementée depuis que Lachlan Mount a décidé que ce serait avec moi qu'il se rembourserait d'une dette. Et qu'ensuite, il y a eu également tout ce truc où il a tué mon mari, qui m'a fait perdre les pédales. Je serre les dents très fort, parce qu'il est hors de question que je lui parle de ça.

Je ne peux en parler à personne, sauf peut-être à Magnolia. Elle, elle vit dans le monde où je navigue en ce moment, elle pourrait comprendre mieux que quiconque.

– Je ne l'ai pas zappé. Vraiment. C'est juste que ces derniers jours ont été complètement dingues.

– Tout va bien. Tu vas assurer. Ça correspond parfaitement au truc que je t'avais suggéré, dit-elle.

– Quel truc ? je lui demande, en me disant qu'aujourd'hui je suis vraiment une PDG nulle, mais j'ai une excuse.

– Les visites et la boutique de cadeaux. Nous devons faire venir plus de gens. Les faire investir dans *Seven Sinners*. S'ils voient comment nous travaillons, s'ils rencontrent les gens qui fabriquent le meilleur whiskey au monde, ils deviendront plus facilement des clients. Ce sera une expérience qu'ils n'oublieront pas, du genre de celles que l'on poste sur les médias sociaux, hashtag #génial. On en a besoin, Keira.

Elle me tend une feuille imprimée et je parcours les différents paragraphes.

– Oh. Ce truc.

Je respire un grand coup et exhale lentement, parce que je sais qu'elle dit vrai. Elle a absolument raison, à cent pour cent. Mais mon père est devenu dingue lorsqu'il a découvert que j'avais lancé le projet de construction du restaurant dès que j'avais signé avec lui la cession de l'entreprise. Si je commence à faire venir des groupes de touristes et que je leur montre la façon dont nous fabriquons notre whiskey, il va perdre la boule pour de bon et interrompre sa retraite pour me rappeler à l'ordre.

Notre façon de faire n'est pas vraiment inhabituelle, toutes les méthodes se ressemblent, mais nous avons plusieurs étapes particulières qui nous sont propres. Les montrer à des visiteurs reviendrait à révéler nos secrets de fabrication.

– Tu sais que j'ai raison, dit Tempérance lorsque l'ascenseur s'ouvre au niveau du restaurant.

Elle garde un doigt sur le bouton pour que la porte reste ouverte pendant que je sors.

– Je sais. Mais mon père…

– Ton père n'est plus le responsable à présent. Pendant combien de temps vas-tu dire encore ça aux autres ?

Mon silence est la seule réponse dont elle a besoin pour poursuivre.

– Tu as lancé un gros chantier de construction sans son accord parce que tu y croyais. Ça, c'est bien moins important.

– Mais notre propriété intellectuelle ?

– Elle sera assurée. Nous pouvons organiser les visites de façon à ce que tout ça fonctionne.

– Mais la responsabilité, tu en fais quoi ? Les avocats vont s'arracher les cheveux.

Tempérance lève les yeux au ciel.

– Arrête de te chercher des excuses. Va déjeuner et boire avec le directeur de l'Office de tourisme et explique-lui toutes les raisons pour lesquelles la distillerie *Seven Sinners* va devenir la meilleure attraction de La Nouvelle-Orléans.

– Et moi qui pensais que c'était moi la PDG ici, je lui réponds avec un petit sourire, pendant qu'elle lâche le bouton et que les portes se referment.

– Oh, et au fait, le directeur s'appelle Jeff Doon. Il m'a dit que vous vous connaissiez ?

Le son de sa voix diminue au fur et à mesure qu'elle disparaît de ma vue, en ratant mon air complètement ahuri. Jeff Doon était mon petit copain au lycée. C'est le garçon avec lequel j'ai perdu ma virginité, près de la digue, après la fête de fin d'année des terminales. Une expérience tellement cliché et aussi décevante qu'on pouvait s'y attendre. Je ne l'ai pas revu pendant des années, mais il m'a envoyé un mot et des fleurs pour les obsèques de Brett, me disant que je pouvais compter sur lui si j'avais besoin de quoi que ce soit.

Je suis à l'entrée du restaurant lorsque je l'aperçois et qu'il me voit pratiquement en même temps. Il se lève d'un bond, les bras grands ouverts.

Oh, doux Jésus !

Je n'ose même pas penser à ce que va faire Mount si jamais il l'apprend. Je vais devoir mentir. Il n'y a pas d'autre solution. Il pourrait bien « s'occuper » aussi de Jeff, dès demain.

DIX-SEPT

MOUNT

Mount : Mais qu'est-ce que tu fabriques ?

V : J'attends toujours le paquet.

Mount : Mais où est-elle, bordel ?

V : À l'intérieur.

J'ouvre l'application de géolocalisation pour vérifier la position du pisteur inséré dans le collier de Keira, qui étonnamment n'a même pas tenté de l'enlever à l'aide une pince coupante. Peut-être a-t-elle réalisé que c'était utile car, grâce à lui, nous avons pu la retrouver dans son appartement. Ou peut-être qu'elle n'a pas encore pensé à la pince coupante. C'est sans doute la réponse la plus probable. La balise montre qu'elle est toujours dans le bâtiment, mais pas dans son bureau du sous-sol. Je manipule l'application pour obtenir une meilleure vue du bâtiment. La technologie, c'est magique; à présent, je sais qu'elle est au restaurant. Je regarde l'heure. Il est presque dix-neuf heures trente. J'attrape mon deuxième téléphone sur mon bureau, celui dont je me sers pour communiquer avec Keira et personne d'autre, et je lui envoie un texto.

Mount: Il faut que tu sois sortie dans deux minutes, sinon V va venir te récupérer.

J'attends de voir si elle lit le texto, mais rien du tout.

Au diable les deux minutes. Jamais personne ne me fait attendre, et Keira devrait être rentrée depuis des heures.

En changeant à nouveau de téléphone, je donne d'autres ordres à V.

Mount: Monte au restaurant tout de suite. Vois ce qui la retient et accompagne-la en bas. J'ai assez attendu comme ça.

V: Je m'en charge, patron.

Mount: Préviens-moi lorsque tu l'auras récupérée et que vous êtes en chemin.

Après ma conversation durant laquelle J a insinué que Keira était devenue une faiblesse que les autres allaient sûrement remarquer, je suis encore plus sur mes gardes. La voiture dans laquelle V la transporte quotidiennement est à l'épreuve des balles, la carrosserie est blindée. Elle est hyper-lourde, c'est la raison pour laquelle que je ne la conduis jamais. J'aime la vitesse, la puissance et l'esthétique, et j'ai une grande collection de voitures de luxe et de belles américaines. Pas de discrimination, je les collectionne toutes.

Il faudrait être suicidaire pour essayer de me liquider. Je sais que le cartel est mécontent, mais je possède des informations qui le feraient imploser et les obligeraient à lutter pendant des années pour reformer leur organisation. Je ne suis pas stupide. Je ne fais aucun mouvement sans en envisager toutes les conséquences. Ou du moins, je ne l'ai jamais fait avant elle.

J avait raison sur un sujet. Keira est différente. Elle me tient tête à chaque fois. Sa soumission n'est jamais acquise, mais quand je l'obtiens, elle n'en est que plus douce. Son corps brûle du même feu que ses yeux, et je suis accro à cet enfer.

Merde.

J a raison. Je dois me reprendre et trouver comment compartimenter, comme je l'ai toujours fait. La présence de Keira peut influer sur ma vie personnelle, mais mes affaires requièrent toute mon attention. Il faut que je lance un contrôle de sécurité général pour vérifier que personne n'a profité de ma distraction momentanée.

Tous les dossiers des membres de mon organisation ont besoin d'être remis à jour afin de s'assurer qu'ils n'ont pas développé un point faible qui pourrait être utilisé contre moi. Et il faut que je le fasse maintenant.

J'envoie un texto à J avec mes ordres, et j'obtiens immédiatement une réponse.

Bonne idée, patron. Qui voulez-vous utiliser ?

Nous avons deux enquêteurs qui se feraient hara-kiri plutôt que de passer à côté de la moindre information. Leur loyauté a été prouvée, comme celle de tous, l'une plus récemment que l'autre. Mon troisième enquêteur, qui avait raté le certificat de mariage de Brett Hyde, a dû prendre une retraite anticipée.

Mount : Prends les deux. Indépendamment. Je ne veux pas qu'ils sachent qu'ils sont tous les deux sur la même affaire. Envoie-moi chaque fiche remise à jour. Je veux les examiner personnellement.

J : Oui patron. Je m'en occupe.

Mon téléphone vibre, c'est un texto, et ce n'est pas celui que j'ai utilisé pour envoyer un message à Keira.

V : Elle dîne avec un type. Vous voulez que je la chope ou que j'attende ?

C'est quoi ce bordel ?

J'appuie sur le bouton installé sur mon bureau pour faire sortir mes écrans de leurs compartiments secrets et j'allume la caméra branchée sur le restaurant de *Seven Sinners*.

Je zoome sur la banquette où j'aperçois la flamme des cheveux roux de Keira et un homme, assis en face d'elle. Il se penche sur la table comme s'il voulait lui prendre les mains, mais elle les retire et les pose sur ses genoux.

Alors je réponds à V.

Mount : C'est qui ce mec ?

V : J'en sais rien.

De plus, je suis certain que V ne posera la question à personne, parce qu'il n'a pas parlé depuis plus de dix ans. Je fais une capture d'écran du visage du type et je l'envoie à J.

Mount : J'ai besoin du nom et des antécédents de ce type. Tout de suite.

J : Je m'en charge, patron.

Les compétences en informatique de mon lieutenant sont hallucinantes. Elles peuvent, après ce que m'ont coûté ses études au MIT. Moins de trois minutes plus tard, j'obtiens une réponse.

J : Regardez votre boîte mail.

J'ouvre l'application sécurisée, et chaque mot que j'y découvre m'énerve un peu plus.

Mon téléphone vibre, c'est un nouveau texto.

V : Vous voulez que je la chope ?

Mount : Non, je vais m'en occuper moi-même.

DIX-HUIT

KEIRA

J'ai essayé de terminer ce dîner aussi vite qu'il était humainement possible, mais je sens que chaque seconde qui passe me porte un nouveau coup. Ou à Jeff. V doit être en train d'attendre dehors. Je n'étais pas censée rester tard au boulot. Mount va le savoir. Je ne suis pas assez naïve pour ignorer qu'il n'aura aucun problème pour obtenir le nom de Jeff, son adresse, son numéro de sécurité sociale et son CV complet, dès l'instant où V me ramènera dans ma cage.

Mount saura probablement quelle marque de préservatif a utilisé Jeff quand il m'a baisée, comme un pied dois-je ajouter, à l'arrière de la Cadillac de son père, lorsque j'avais dix-sept ans.

– Je vais étudier à nouveau la présentation que ton assistante m'a déjà envoyée et attendre que tu nous fasses signe lorsque tu seras prête à te lancer. Je pense que ça pourrait être vraiment super, Keira. Une autre attraction que celle de Bourbon Street serait fort utile pour les gens qui ne veulent pas faire la fête. Ce serait fort instructif, et ils pourraient goûter à notre fantastique whiskey local.

Il lève son verre et je m'efforce de sourire en trinquant avec lui, tout en priant pour sa sécurité pendant que je vide mon verre.

– Je suis navrée de devoir abréger ce dîner, mais j'ai un autre rendez-vous qui m'attend. Merci mille fois, Jeff. Tempérance te rappellera dès que nous aurons réglé tous les détails.

Je me lève, je défroisse ma robe. Jeff se lève aussi et s'avance pour me serrer dans ses bras.

– C'est bon de te revoir, Keira. Ça faisait trop longtemps. J'espère que la prochaine fois on pourra passer un peu plus de temps ensemble, pas uniquement pour parler boulot.

Je hoche la tête, parce que c'est la seule réponse que je puisse lui faire, en espérant que je ne suis pas en train de signer son arrêt de mort.

– On va se revoir. Reste un peu et prends un autre verre. C'est la maison qui l'offre.

– Peut-être que tu pourrais annuler ton rendez-vous et te joindre à moi ?

– Malheureusement, je ne peux pas.

Le grand sourire de Jeff s'atténue légèrement, mais moi je prends garde à conserver le mien bien accroché en lui faisant un dernier signe de tête. Puis je me retourne et je traverse la salle de restaurant en saluant machinalement les autres clients, mais sans m'arrêter pour parler à quiconque avant d'avoir atteint l'ascenseur.

La descente jusqu'au sous-sol me paraît interminable. Je tape du pied avec impatience.

Quand la porte finit par s'ouvrir, je me rue dans le couloir et j'entre en trombe dans mon bureau en marmonnant :

– Il faut juste que je prenne mon sac, que je rejoigne Mount et que je lui explique...

– Expliquer quoi, exactement ?

Une voix profonde et familière monte de l'obscurité. Mon cœur se met à battre comme un marteau dans ma poitrine.

– Jésus-Christ, tu m'as flanqué une peur bleue.

– C'est normal. Tu as trente secondes pour m'expliquer pourquoi tu dînes avec ton ancien petit copain de lycée au lieu de rentrer tôt, comme je te l'avais ordonné.

– Ce n'était pas ça...

Mount allume la lampe du bureau. Je me souviens de la première fois où je l'avais découvert assis dans mon fauteuil. C'est alors qu'une terreur comme je n'en ai jamais connu m'envahit. Ce soir, je ressens réellement de la peur, mais pas pour moi.

Pour tous les autres.

– Viens ici.

Pendant que je traverse le sol craquelé, mes talons résonnent dans la pièce étonnamment silencieuse.

– Il n'est pas…

– J'ai changé d'avis. Je ne veux pas de putain d'explication. Je veux ton cul ici, devant moi.

Le fauteuil grince contre le ciment quand Mount le repousse et se lève. J'avance toujours, en m'expliquant tout de même :

– C'était pour les affaires. Il est innocent, je le jure. Laisse-le tranquille.

Je ne réalise pas que je suis à portée de main jusqu'à ce que Mount m'attrape et m'attire à lui.

– Innocent ? Tu crois vraiment qu'il te regardait sans aucune arrière-pensée ? Absolument pas.

– C'était pour le boulot, je répète. S'il te plaît, ne lui fais pas de mal. Il n'a rien fait pour mériter ça.

Mount m'attrape le menton. Il plonge son regard dans le mien comme s'il fouillait dans mon cerveau pour y lire la vérité vraie. Il cherche, et il finit par trouver quelque chose qui l'apaise parce qu'il me relâche.

– Je te crois.

Ses paroles me balancent des ondes de choc.

– C'est vrai ?

– Tu ne sais vraiment pas mentir. Et j'ai vu l'enregistrement. Il est hors de danger.

Je pousse un soupir de soulagement.

– Merci…

Avant que je puisse articuler le mot beaucoup, Mount me retourne, m'attrape par le cou et me pousse en avant jusqu'à ce que mes seins entrent en contact avec mon bureau.

– Mais cela ne veut pas dire que je n'ai pas envie de te rappeler que je suis le seul homme qui ait le droit te toucher.

Il se penche, ses paroles grondent à mon oreille.

– Tu. Es. À. Moi.

J'ai la respiration coupée, mais ça n'a rien à voir avec de la peur. En fait, je devrais avoir honte de la vitesse à laquelle mon corps passe en mode « désir ». Au plus profond de moi, dans mes recoins secrets les plus sombres, c'est ce que j'ai toujours désiré. Un homme qui me désire avec cette férocité intense et qui s'assure que je lui appartiens, et à lui seul.

Mais pourquoi est-ce que ça doit être cet homme ?

Je n'ai pas la réponse à cette question, mais je ne peux m'empêcher de le contredire. Mount n'en attend pas moins venant de moi. Et pour une raison obscure, ma rébellion rend les choses encore plus excitantes.

– Je ne t'appartiens pas.

Mount soulève le bas de ma robe et baisse la lanière de mon string.

– C'est là que tu te goures complètement.

Il me donne une claque sur les fesses, assez fort pour que ça pique mais pas assez pour me faire réellement mal. Une vague de chaleur naît en moi et mes muscles internes se contractent face à cette sensation que j'ai appris à désirer. Mount me donne claque sur claque, avant de s'arrêter pour masser mes fesses brûlantes.

J'essaie de retenir un gémissement, qui m'échappe malgré moi. Sa main glisse entre mes jambes, il gronde en découvrant que je mouille.

– Tu peux nier tant que tu veux, mais nous savons pertinemment, toi et moi, que tu adores ça. Contrairement à ce que tu dis, ton corps, lui, ne ment pas.

Je ne trouve rien à lui répondre, parce que c'est vrai. J'aime vraiment ça.

Quand il relâche un peu la pression, je me relève, mais il m'attrape immédiatement par l'épaule.

– Je ne t'ai pas dit que tu pouvais bouger. Nous sommes loin d'avoir terminé.

Des frissons parcourent mon épiderme et mes tétons durcissent dans mon soutien-gorge alors qu'il me repousse. C'est l'étreinte de l'homme, cette nuit de Mardi Gras. Celui qui m'a prise contre un mur, sans me laisser me retourner. L'homme qui m'a donné tout ce que je désirais, et avec qui, à cause de cette nuit-là, j'ai cru m'enfuir. À présent je sais que je me trompais. Je me trompais sur tout sauf… sur ça.

C'est ça que je veux. Dont j'ai besoin. Le bruissement de la fermeture Éclair de Mount rompt le silence entre les battements de mon cœur, et me fait languir. Il m'enfonce un doigt tout en tournant autour de mon piercing jusqu'à ce que je me torde sur mon bureau. Il le retire alors brusquement pour tâter mon trou du cul.

– Où est le plug ?

– Je l'ai enlevé, comme tu l'avais dit.

– Où est-il ?

Je me demande si je dois lui répondre ou pas. Pendant que je me pose la question, il me pince les fesses qui sont encore brûlantes.

– Dans le tiroir de gauche en bas, avec le lubrifiant. Je l'ai nettoyé avant de l'envelopper et de le ranger.

– Bonne petite. Tu vas découvrir quel effet ça fait d'être baisée des deux côtés en même temps.

Une autre giclée de fluide coule entre mes cuisses. C'est un de mes fantasmes les plus lubriques. Il relâche la pression et ouvre le tiroir de mon bureau. Quelques secondes plus tard, le lubrifiant coule sur mon anus.

Il enfonce le plug tout en me caressant la chatte. Je dois me retenir pour ne pas frissonner et le supplier. Mount m'attrape par les cheveux et tourne mon visage sur le côté. Il hoche la tête. Son regard est sombre et son sourire hautain.

– Tu es faite pour moi.

Et sur cette déclaration choquante, il appuie sa queue contre moi et me pénètre.

– Oh mon Dieu !

Ma voix n'est plus qu'un murmure de plénitude intense, mais je me mets à gémir lorsqu'il s'enfonce un peu plus.

– Ma bite rentre à peine dans ta petite chatte avec ce plug. Putain de bordel de Dieu !

Je perds la tête. Mon plaisir dépasse toute pensée rationnelle. Mount me pénètre lentement et se met à me baiser complètement, penché sur mon bureau, jusqu'à ce que je ne sois plus que supplications et gémissements.

Je jouis quelques secondes avant lui. Après quoi, on n'entend plus que le son mêlé de nos respirations hachées dans le bureau.

DIX-NEUF

KEIRA

J'espérais profiter de la suite d'un des orgasmes les plus intenses de ma vie plus de deux minutes, mais non, ce n'est pas ainsi que ça s'est passé. Au lieu de ça, je suis en route vers le domaine de Mount.

Après cette partie de jambes en l'air démente dans mon bureau, il m'a emmenée à la voiture et m'a installée sur le siège arrière sans un mot d'explication autre que : *Changement de plans. J'ai des affaires à régler*.

Ses plans ont changé parce qu'il m'a déjà baisée et qu'il n'a plus besoin de moi ce soir ? J'ai envie de cogner sur quelque chose, mais le dos du siège de La Balafre n'est pas ce qu'il me faut.

– Merde, j'aimerais bien que tu parles, parce que tu pourrais peut-être m'aider à comprendre comment ça fonctionne dans sa tête. S'il croit que me balancer à l'arrière d'une voiture est une bonne idée, il se trompe du tout au tout.

Je déteste entendre ma voix trembler ainsi, je me dis que c'est de la colère et pas des sanglots.

Comment puis-je le désirer autant ? Comment puis-je croire que c'est lui qui peut me procurer tout ce dont j'ai besoin physiquement ? Il manque pourtant une pièce hyper-importante du puzzle, parce qu'il est totalement incapable de se soucier émotionnellement de quelqu'un d'autre.

Lorsque La Balafre me dépose dans la suite de Mount, je me rue vers la salle de bains pour me débarrasser de cette odeur qui me hante. Un bruit venant du dressing m'arrête net, et je me retourne en criant.

– Eh merde, qui êtes-vous ?

Un homme entre deux âges en costume rayé, cheveux gris et moustache assortie, sort du dressing avec ce qui ressemble à un fer à vapeur à la main.

– Oh, je suis navré. On m'avait dit que vous seriez absente ce soir et que j'aurais le temps de tout mettre en place.

Je réalise alors que quelque chose a changé dans le dressing. Au lieu d'être rempli par les costumes et les chemises de Mount, il a été réorganisé. Un tiers des étagères contient des vêtements féminins. Des robes, des jupes, des chemisiers, des pantalons, entre autres. Ma surprise doit se lire sur mon visage, parce que l'homme repose son fer sur la centrale à vapeur en laissant une sublime robe noire à moitié repassée.

– Je suis G, le tailleur de M. Mount. Et je présume que si nous étions en Angleterre, je serais quelque chose comme son valet de chambre. Je m'occupe de sa garde-robe, et de la vôtre aussi, dorénavant.

Je cligne des yeux à plusieurs reprises en regardant les vêtements tellement classe qui pendent dans le placard de Mount. L'homme, G, continue à parler, mais je ne lui réponds pas.

– Veuillez m'excuser si je vous ai effrayée. Ce n'était mon intention. Je vais partir et vous laisser tranquille.

Il remballe son équipement avec célérité, comme s'il avait déjà fait cela des dizaines de fois, et se dirige vers la porte, là où je me tiens. J'ai comme l'impression que d'habitude il n'utilise pas l'entrée normale, mais un passage secret dont j'ignore l'existence.

Je ne trouve pas les mots pour lui répondre, mais je recule pour le laisser passer. Au lieu de s'en aller, il s'arrête à l'entrée du dressing.

– Est-ce que tout va bien, Mademoiselle ?

Je hoche la tête, mais il garde l'air préoccupé. Je me rends bien compte qu'il aimerait me poser une autre question, mais il ramasse sa machine et sort de la pièce. Je ne bouge pas avant d'entendre la porte se refermer sur lui. Une fois certaine qu'il est parti, j'entre dans le dressing. Je tends la main et je caresse du bout des doigts les tissus somptueux. Ils sont tous très beaux, mais cela n'a aucune importance.

Jusqu'à présent, je n'ai disposé que d'une tenue à la fois. Jour après jour. Tout découlait de cette situation temporaire. Cette garde-robe n'a rien à voir avec du provisoire. C'est complètement différent. Mon corps tout entier se met à trembler, je glisse le long de l'îlot central du dressing jusqu'à ce que mes fesses atteignent le sol moquetté. Je passe mes bras autour de mes genoux, j'essaie de calmer mes tremblements, mais c'est impossible.

Toutes les émotions que j'ai ressenties ce soir déferlent en moi comme un tsunami que je ne suis pas prête à assumer.

Qu'est-ce qui arrive dans ma vie ?

Cet arrangement est censé prendre fin un jour et les choses sont supposées rentrer dans l'ordre, comme à l'époque où j'ignorais l'existence de Mount.

Au début, lorsque j'ai exigé de lui une date de fin, il a refusé de m'en donner une.

Je me mords les lèvres, des larmes brûlantes m'emplissent les yeux.

Et s'il ne me laissait plus jamais partir ?

Je m'essuie les yeux en réalisant ce que cela signifierait.

Une perte totale d'indépendance.

Ne plus jamais pouvoir être honnête vis-à-vis de ma famille.

La mort de tous mes rêves.

Combien de temps faudra-t-il pour que je perde l'essence même de ce qui fait ma personnalité ?

Je pensais pouvoir m'en sortir, je pensais être assez forte pour garder la tête froide. Mais je n'ai jamais eu aussi tort de ma vie, et je vais tout perdre.

Je pose mon front sur mes genoux et laisse couler mes larmes. Si j'étais quelqu'un de décent, ce soir je pleurerais la mort de mon mari. Au lieu de ça, je pleure la perte de ma propre vie.

VINGT

MOUNT

Lorsque j'annonce à Keira que mes plans pour la soirée ont changé parce que j'ai des affaires à régler et que je la renvoie chez moi avec V, je lui mens en partie.

Elle a l'air décontenancée, mais peu importe. Il faut que je m'éloigne d'elle. Les paroles de J résonnent encore dans ma tête et je sais que ce qui s'est passé cette nuit a fait évoluer les choses du mauvais côté. Compartimenté ? Merde, j'aurai de la chance si je parviens à regarder un bureau sans me mettre immédiatement à bander en imaginant Keira penchée dessus.

Malgré le mensonge que je viens de lui faire, trop de vérités ont été dites ce soir. Elle aime ce que je lui donne et elle est sur le point de le reconnaître. Même si elle ne le fait pas, je le vois à ses réactions. Son corps me répond comme aucun autre. Elle est faite pour moi, je l'ai su dès la soirée de Mardi Gras. C'est pour ça qu'il fallait que je la possède à nouveau, même si je l'ai nié trop longtemps.

Travailler. C'est ça dont j'ai besoin.

Bien que le casino ne soit pas plein comme plus tard dans la nuit, j'entre et je m'arrête pour observer les mouvements des cartes sur les tapis verts, table après table. Je regarde la roulette qui tourne pendant que la bille saute sur les cases rouges, noires et vertes. À la table de craps, une call-girl souffle sur les dés pour un joueur avant qu'il les jette et se mette à gémir après avoir perdu sa mise.

Je serre quelques mains et je regarde les mouvements des lèvres, mais je n'entends pas ce que les gens me disent. Je suis trop distrait. Les lumières et les bruits du casino me fascinaient jadis, mais ils ne suffisent plus à détourner mon esprit d'elle.

En moins de dix minutes, je pourrais être dans ma chambre à coucher, de préférence avec Keira sous moi, avec ses cheveux de feu étalés sur mon oreiller. Sauf que, cette fois, ses yeux verts me fixeraient, pleins de rébellion, jusqu'à ce que je la pénètre. Alors ils deviendraient doux, tendres, remplis de désir, me suppliant de lui donner ce que moi seul peux lui donner. Ma bite se redresse. Mais je repousse cette pensée. Parce que ce n'est pas ce que je vais faire. Je vais sortir d'ici.

Je me dirige vers la pièce de contrôle de sécurité, je leur rappelle de garder un œil sur certains clients particuliers et je sors par un panneau coulissant dans le mur.

Je prends le chemin le plus long en direction de mon garage, situé du côté nord de mon complexe. Ce soir, j'ai besoin de conduire pour me vider la tête, et dans ce cas rien ne fait mieux l'affaire que ma Chevelle[3].

Pendant que je poursuis mon chemin à travers le dédale de couloirs secrets, je tombe sur un visage familier qui se dirige vers ses appartements.

– G ?

Le vieil homme fait une pause.

– Monsieur ? Vous avez besoin de mes services ?

– Non. Comment cela s'est-il passé ce soir ?

– J'ai pu quasiment tout repasser, mais Mademoiselle Kilgore est rentrée plus tôt que prévu, je terminerai demain.

Il s'arrête avant de poursuivre.

– Elle a eu l'air assez choquée quand elle a vu le placard. Plus que choquée, même. Bouleversée, vraiment.

– Bouleversée à quel point ?

– Très fortement. Il m'a semblé qu'il fallait que je vous prévienne.

---

3. La Chevelle est un modèle de Chevrolet sorti en 1964 aux États-Unis.

D'après mon expérience, la plupart des femmes seraient ravies à l'idée de recevoir une garde-robe de créateurs comme celle que j'ai commandée à G pour Keira. Ça ne m'étonne pas qu'elle réagisse tout à fait différemment.

– Je vais m'en occuper.

G hoche de nouveau la tête et pince ses lèvres qui disparaissent sous sa moustache grise.

– Quoi ? Je vois que vous voulez me dire autre chose.

Il prend son temps, comme s'il choisissait soigneusement ses mots.

– Elle semble être différente des autres, Monsieur. Tout ceci paraît différent.

C'est pratiquement mot pour mot ce que m'a dit J. J'ouvre la bouche pour dire à G qu'elle n'est pas différente, que ce sont les circonstances qui le sont. La dette. Que c'est la seule raison pour laquelle j'agis ainsi. Mais il est l'une des rares personnes qui savent quand je mens. Du coup, je lui dis la vérité.

– Elle l'est. Tout cela également. Et je ne sais absolument pas ce que je suis en train de faire.

Je n'admets jamais ma faiblesse. Je montre en permanence un contrôle absolu. Je ne peux pas conserver le genre de pouvoir qui est le mien sans cela. Mais avec G, c'est autre chose. Sa fidélité est incontestable.

– Pourrais-je faire une suggestion, Monsieur ?

– Allez-y.

– Elle semble être le genre de femme qu'il faut traiter avec le plus grand soin.

– Je ne lui ai fait aucun mal, je lui réponds plus froidement que le le voudrais.

G secoue la tête.

– Non, non, jamais je sous-entendrais cela. Ce que je veux dire, c'est… Vous savez qu'elle est différente. Cela veut dire que vous devez la traiter différemment.

Je passe la main dans mes cheveux.

– C'est ce que je fais. C'est bien tout le problème.

– Avec tout mon respect, Monsieur, vous ne comprenez pas ce que j'essaie de vous dire.

– Alors dites-le, mon vieux. Franchement. À l'évidence, je n'arrive pas à lire vos sous-titres.

– Avez-vous déjà courtisé une femme ?

Je le regarde comme s'il venait de me demander un sachet de coke.

– Courtiser ?

– Oui. Séduire. Courtiser. Flirter, mais pas sexuellement, émotionnellement. Lui faire la cour. Lui montrer qu'elle est différente en lui offrant quelque chose dont elle a besoin, ou qu'elle désire.

Je réfléchis pendant qu'il poursuit.

– Quand on y réfléchit, entrer dans votre monde en venant de l'extérieur représente une difficile transition, particulièrement dans ces circonstances. Vous avez une position que peu d'hommes peuvent tenir, ce qui implique de grandes responsabilités et de grands risques. Peut-être devriez-vous lui montrer que cela a aussi des avantages. La persuader qu'effectuer cette transition n'est pas sans récompenses.

Je comprends ce que veut dire G. Du moins, c'est ce que je crois.

J'ai ôté tout contrôle à Keira, et elle s'est défendue bec et ongles. Mais si je continue, il y a des chances pour qu'elle s'effondre, or ce n'est pas du tout ce que je veux.

Qu'est-ce que je veux, bordel ?

G ne peut pas répondre à cette question, ça ne sert à rien de le laisser attendre debout, comme ça, dans le couloir.

– Merci. J'apprécie votre franchise.

– Bien sûr, Monsieur. Je suis à votre entière disposition, répond G, puis il poursuit son chemin.

Ses paroles m'ont fait réfléchir autant que celles de J, et leurs conseils m'entraînent dans des directions diamétralement opposées.

J'arrive au garage, avec l'intention plus forte que jamais de ficher le camp d'ici pour fuir quelque part, n'importe où, où je puisse réfléchir sans que tout me rappelle Keira Kilgore.

VINGT ET UN

MOUNT

Le vrombissement du moteur de la Chevelle, voilà ce dont j'avais besoin. Mais au lieu de me conduire, sans but précis, il m'embarque à un endroit où je n'étais pas allé depuis un bon moment. Voilà quelque chose que je dois rectifier. Je vis la plus grande partie de ma vie dans l'ombre. Les gens murmurent mon nom comme s'ils avaient peur, s'ils le prononcent à voix haute, que je débarque devant chez eux. Parfois, c'est le cas.

Mais, heureusement pour moi, il existe quelques endroits, à la lisière de cette ombre, où je peux me rendre sans être dérangé et où je peux continuer à faire les rencontres nécessaires à l'expansion de mon empire. Le *Jackson Club* est l'un d'eux.

On raconte qu'il fut créé par Andrew Jackson lui-même, au début des années 1800, mais je me fiche royalement de l'histoire du club. Tout ce qui m'importe, c'est que la carte de membre soit très sélective et que, selon une règle implicite, ce soit un territoire neutre. Un tueur peut rencontrer sa cible dans ce club, s'il tente le moindre mouvement, c'est sa mort assurée. Chaque membre a le droit de mettre cette règle en pratique. C'est la seule façon de maintenir l'ordre au sein du club et de permettre à certains des hommes les plus puissants du monde de se sentir à l'aise dans ce sanctuaire.

J'ai entendu dire que la liste d'attente est longue de plusieurs années, mais il existe certains trucs qui vous permettent de grimper très vite en première position, comme être blindé, avoir une origine aristocratique ou être une célébrité. Heureusement pour moi, cette ville m'appartient. Jamais ils ne pourraient me refuser l'entrée. En outre, le manageur actuel est une de mes relations. Quade Buck gère efficacement ce club. J'ai très souvent tenté de le débaucher pour lui offrir la direction de mon casino, mais il a toujours refusé. Je ne peux lui en vouloir. Moi non plus, je ne voudrais pas travailler sous mes ordres. Un gros plantage peut très aisément vous coûter la vie.

J'entre dans la pièce aux lambris foncés. Le club est refait à neuf chaque année, et nos cotisations s'en ressentent. C'est un refuge typiquement masculin.

Les lourds meubles en bois massif y dominent et la fumée de cigare, non filtrée par le système d'aération, flotte dans l'air.

Bien que je croise de nombreux visages familiers en parcourant la pièce, je me dirige d'abord vers Quade, qui trône derrière son bar. J'ai vraiment besoin d'un verre.

– Quand allez-vous arrêter de jouer les serveurs derrière ce bar ? Si vous bossiez pour moi, vous n'auriez plus jamais à servir le moindre verre.

Comme à chaque fois, Quade me répond en éclatant d'un rire tonitruant.

– Vous savez, ça ne m'ennuie pas du tout de préparer des boissons. Cela n'atteint pas ma fierté. En plus, comme ça, j'arrive à contrôler l'ambiance du club et à garder un œil sur tout le monde. Je vous sers quelque chose ?

– Absolument.

Lorsque Quade se retourne vers l'étagère pour attraper ma bouteille de scotch favori, une autre bouteille attire mon attention. Du *Seven Sinners*.

Merde, elle me poursuit jusqu'ici.

Quade surprend mon regard dans le miroir et n'en perd pas une miette.

– Vous changez d'avis ce soir ?

Il tend le bras pour attraper la bouteille de *Seven Sinners*, sourcil haussé, interrogateur. Je suis sur le point de lui dire que ce soir, j'ai déjà eu ce que *Seven Sinners* pouvait offrir de mieux, mais je m'abstiens.

– Non. La même chose que d'habitude.

Quade m'observe avec intérêt en attrapant la bouteille de scotch et en en versant trois doigts, bien tassés. Il fait glisser mon verre à travers le comptoir et se penche sur le bois ancien, massif.

– Qu'est-ce qui vous amène ? Ça fait plusieurs mois que je ne vous ai pas vu.

– J'ai eu pas mal de problèmes à régler.

Il recule et croise les bras.

– Des problèmes ? Je pensais que les hommes de votre niveau n'en avaient pas.

Un hennissement, moitié rire, moitié grognement, s'échappe de mes lèvres.

– Ça serait tellement bien. Mais je m'en suis dépêtré. Je n'avais pas d'autre solution.

– La terre brûlée, hein ? Vous êtes célèbre pour ça.

– Ça ne marche pas à tous les coups.

Quade passe un torchon sur le comptoir en m'observant un moment, avant de poursuivre.

– Ce qui se raconte au club, c'est que V a passé beaucoup de temps à faire des allers-retours entre votre propriété et une certaine distillerie, en ville.

Et il me montre du menton la bouteille de *Seven Sinners* sur l'étagère, comme s'il avait besoin de clarifier ce qu'il vient de dire.

J avait raison de me mettre en garde. Les gens remarquent et bavardent, et ça n'est pas bon.

– Qui donc peut bien s'intéresser à ces parcours ?

Quade croise à nouveau les bras.

– Beaucoup de monde, apparemment. Vous n'étiez pas réputé aimer les filles du coin.

– Qu'est-ce qu'on raconte ?

J'ai besoin de le savoir, parce que la politique de la terre brûlée va peut-être devenir nécessaire pour faire taire les commérages.

– Absolument tout, depuis le chantage et l'extorsion de fonds jusqu'au kidnapping et la servitude sous contrat.

Il me regarde avec prudence.

– Lorsqu'il s'agit de vous, je n'ai aucun mal à le croire.

Je me sens extrêmement soulagé qu'il n'ait pas abordé mon obsession. Comme je ne réponds pas, il demande :

– Mount, vous allez me dire ce qui se passe réellement ?

Je lève mon verre de scotch et j'en bois une petite gorgée. Immédiatement, je regrette de ne pas avoir choisi le whiskey.

Mais qu'est-ce qu'elle est en train de me faire ?

– Ça a de l'importance ?

Il hausse les épaules.

– Appelez ça de la curiosité. Personne n'a compris quand Brett Hyde a réussi à infiltrer et arnaquer cette famille. Plusieurs membres de ce club n'étaient pas mécontents de voir qu'elle était à nouveau sur le marché.

Ça me démange de lui rétorquer qu'elle n'est pas sur ce foutu marché, et qu'elle ne le sera pas. Avant que j'aie pu trouver une réponse valable, un grand type s'assied sur le tabouret à côté du mien.

– J'attendais que vous sortiez de votre tanière pour pouvoir vous parler d'une petite partie de vos propriétés dans le Quartier que je désire acquérir. Je répugne à me prêter à toutes ces conneries de mots de passe et de poignées de mains secrètes qui sont nécessaires pour vous voir. Cela dit, attendre n'est pas non plus mon fort.

Lucas Titan pousse son verre vide vers Quade.

– La même chose, Buck.

Puis se tournant vers moi, il lance :

– Alors, qu'en dites-vous ? Êtes-vous disposé à considérer une offre ?

J'ignore de quelle partie de mes propriétés il parle, mais ça n'a pas vraiment d'importance.

– Je suis certain que vous savez que je ne vends jamais aucune de mes propriétés.

– Je comprends très bien ça, mais là il s'agit de ma femme, alors je vous ferai une offre très intéressante.

– De quelle propriété parlez-vous ?

Titan prend le verre que Quade lui a rempli et en avale une petite gorgée.

– Ne vous en faites pas. Elle ne fait pas partie de votre pâté de maisons. C'est à deux rues de là.

– Et pourquoi diable votre femme la veut-elle ?

Il n'est pas indispensable pour moi de le savoir, mais dans ma position, mieux vaut avoir plus d'informations que pas assez. Quade s'éclipse à l'autre bout du bar avant que Titan ne réponde.

– Elle ne sait pas encore qu'elle la veut. Son magasin est minuscule. Elle va devoir s'agrandir.

Et lorsqu'elle va réaliser qu'elle a besoin d'espace, je veux que ce soit déjà réglé. Ça lui fera un sacré cadeau surprise. Je sais qu'elle ne me le demanderait jamais.

La femme de Titan ressemble sacrément à une femme de mes connaissances. Je fouille dans ma mémoire pour me souvenir de ce dont j'ai entendu parler, lorsqu'ils se sont mis ensemble.

– C'est la femme que vous avez épousée par surprise, afin qu'elle n'ait pas d'autre solution que d'accepter ? je demande.

Cette histoire avait fait le tour de la ville pendant des mois, car Titan est le seul homme en ville presque aussi riche que moi. Il avale une autre gorgée, mais son sourire est éloquent. Puis il finit par me répondre :

– J'ai fait ce qu'il fallait faire pour avoir cette femme. Elle est têtue comme une mule, et je n'ai aucun regret.

– On dirait que ça a marché, dis-je en jetant un coup d'œil à son alliance.

Titan me regarde avec un intérêt renouvelé.

– Vous songez à tenter la chose, vous aussi ?

– Elle me tuerait aussitôt dans mon sommeil.

– Lachlan Mount a toujours des problèmes avec les femmes ? (Titan recule sur son tabouret, l'air arrogant comme jamais.) Jamais je n'aurais cru voir ça un jour.

– Allez vous faire voir !

Au lieu de changer de sujet, il se met à rire.

– Laissez-moi vous donner un conseil même si vous n'en voulez pas. Laissez votre ego à la porte. Il ne vous aidera pas à gagner cette bataille.

– Vous avez raison, votre avis ne m'intéresse pas.

J'avale une autre gorgée et, subitement, je prends une décision. Eh merde ! Il ne parlera pas. Il sait ce qu'il risque s'il me fait chier.

– Disons que j'ai des problèmes et que je mets mon ego de côté. Et ensuite ?

Titan hausse les épaules d'un air nonchalant.

– Cherchez ce qu'elle peut bien vouloir et, ensuite, donnez-le-lui.

– Comme si c'était facile ! je réponds avec un rire nerveux.

– C'est à vous de l'écouter. Elle vous le dira. Peut-être pas ouvertement, mais vous n'êtes pas arrivé là où vous en êtes sans comprendre les choses à demi-mot.

Je réfléchis à ce qu'il me dit. Ça semble trop simple.

Écouter. Découvrir ce qu'elle veut. *Le lui donner.*

Rien ne peut être aussi facile avec Keira. Ou peut-être que si ? Qu'est-ce qu'elle peut bien vouloir le plus ?

Ma voix intérieure me donne des réponses qui m'emmerdent. *Sa liberté. Ne plus être liée par cette dette*. C'est trop bête, parce que je ne suis pas prêt à lui accorder ni l'une ni l'autre. Il va donc falloir trouver autre chose.

– Alors vous allez me vendre cet immeuble, ou quoi ?

Lorsque je quitte le club, j'ai passé un accord avec Titan. Je vais lui vendre mon immeuble, et mon cerveau mouline autour de la question à un million de dollars.

Comment découvrir ce dont Keira a envie ?

Peu importe ce que c'est, je peux le lui obtenir. Elle n'a pas encore vu les immenses avantages qu'apportent mes ressources illimitées.

Il est temps de s'en occuper.

VINGT-DEUX

KEIRA

Lorsque je me réveille le lendemain matin, je m'accorde un nouveau petit laïus d'encouragement. *Je ne le laisserai pas prendre le contrôle sur moi. Il pense que je lui appartiens, mais je ne lui appartiendrai jamais.* Ça devient aussi répétitif qu'un mantra.

L'oreiller à côté du mien porte la trace d'une présence, comme si quelqu'un avait dormi à mes côtés, mais je ne m'en souviens pas. Si Mount a dormi ici, il ne s'est pas donné la peine de me réveiller. C'est sans doute une bonne chose, parce que mes ciseaux à ongles étaient posés sur la table de nuit et je les aurais peut-être utilisés pour le poignarder s'il avait essayé de me toucher. Quand cette pensée me passe par la tête, je viens d'entrer dans la salle de bains. Je m'observe dans le miroir. Je n'ai pas changé, mais bordel, est-ce que je suis en train de devenir une folle dingue ivre de sang ? C'est certainement l'influence de Mount, parce que je suis quasiment certaine de n'avoir jamais eu ce genre de pensée auparavant. Presque jamais.

Il y a bien eu cette fois où Jury a saboté mon rencard avec le capitaine de l'équipe de foot, quand j'étais en seconde. Au lieu d'aller à une fête avec lui, sa voiture avait rendu l'âme au bord de la route et nous avions dû demander de l'aide à un voisin. Je n'ai appris que le lendemain que Jury avait mis du sucre dans son réservoir, quand je me suis plainte parce qu'il ne m'inviterait sans doute plus jamais, vu que j'avais porté la poisse à sa Mustang[4] bien aimée. Quand Jury m'a regardée bien en face et m'a annoncé tout à trac que c'était elle la responsable, j'ai attrapé le truc le plus pointu que j'avais sous la main, c'est-à-dire le bout de mon pinceau à maquillage et je l'ai brandi dans sa direction.

– Pourquoi est-ce que tu m'as fait ça ?

– Parce qu'il avait dit à tous ses potes qu'il allait te pécho. Et que le week-end suivant, ce serait le tour d'Imogène, puis le mien le mois d'après. Il appelle ça « le triplé Kilgore » et c'est apparemment devenu un challenge pour les joueurs de football. Mais cette connerie n'arrivera pas, tant que je serai là.

4. Célèbre modèle Ford.

Donc, apparemment, seuls elle et Mount me donnent des envies de meurtre. Et parfois Imogène, quand elle joue les saintes-nitouches. Penser à mes sœurs me remonte le moral, mais m'emplit également du regret de ne pas être restée plus proche d'elles.

Avec ces idées noires, je passe un temps fou sous la douche, avant de m'aventurer dans le dressing qui m'a quasiment démolie hier soir. Je refuse de me dire qu'il m'a complètement démolie, parce que ça serait accorder trop de pouvoir à Mount.

Je prends tout mon temps pour choisir ce que je vais porter et je m'habille comme si j'enfilais une armure.

En retournant dans la salle de bains, je tombe sur Mount appuyé contre l'embrasure de la porte de son bureau qui est habituellement fermée. Il est vêtu avec soin d'un costume trois pièces gris qui lui donne un regard plus doux que d'habitude. Il tient une boîte noire à la main. *Ces foutues boîtes noires.*

– Si c'est un autre plug anal, je peux te dire que je ne le porterai pas ce matin.

Les coins de sa bouche remontent, mais il ne sourit pas… sauf avec les yeux.

C'est nouveau. Tout comme l'humour que j'y lis, à l'opposé de leur noirceur prémonitoire.

– Ne me tente pas, dit-il, parce que je ne plaisantais pas quand je t'ai dit qu'il y en avait un autre.

Ok, donc ce n'est pas un sex-toy.

– Qu'est-ce que c'est ?

– Un cadeau.

– Je n'ai pas besoin d'une autre dette, merci bien.

Je suis là, en train de lui parler comme une vraie salope, mais je ne peux pas m'en empêcher. C'est ma seule défense contre lui. L'humour disparaît de ses yeux, mais il ne me donne pas d'ordres pour autant, comme je m'y attendais.

– Ce n'est pas le cas. D'où le mot cadeau.

Il s'avance vers moi, me met la boîte entre les mains, traverse la chambre à coucher et sort avant que je puisse réagir.

Je regarde cette boîte comme si elle contenait tous les mystères de l'univers, je ne sais vraiment pas quoi en penser.

Soigneusement, je soulève le couvercle et je regarde à l'intérieur. C'est un contrat. Entre une société que je ne connais pas et *Seven Sinners*, pour l'achat de six mille caisses par an, de notre whiskey le plus cher.

C'est quoi ce truc ?

Six mille caisses ? Je fais rapidement le calcul dans ma tête. Ça me donnerait assez d'air pour deux ou trois mois, comme ça, je n'aurais pas à toucher aux trois cent mille dollars que Mount a déposés sur mon compte.

Mais où est le piège ? Avec Mount, il y a toujours un piège. Je parcours rapidement les pages du contrat. C'est un contrat en bonne et due forme, avec tous les termes et les conditions que normalement je m'attendrais à y voir. Lorsque j'arrive à la dernière page, quelque chose attire mon attention. Mon nom.

Le contrat est contingenté au fait que ce soit moi le contact pendant toute la durée de l'accord de distribution, qui est supposé être revu à la hausse tous les ans, à moins qu'une des deux parties décide d'y mettre un terme. La signature est un gribouillis indéchiffrable. Je me rue dans la chambre, mais Mount est déjà sorti. Je hurle :

– Bon sang ! J'ai des remarques à faire !

Mais visiblement il ne m'entend pas. Je tourne la poignée de la porte d'entrée, m'attendant à ce qu'elle soit fermée. Elle ne l'est pas et, du coup, je manque tomber par terre. La silhouette de Mount atteint l'extrémité du large couloir.

– Hé ! Nous n'en avons pas terminé avec cette discussion !

Ses larges épaules se figent, puis il se retourne lentement. Il est presque à dix mètres de moi, mais je peux lire l'expression de son visage. Il n'y a plus aucune trace de l'humour qui s'y lisait lorsqu'il m'a tendu la boîte. Il parcourt la distance qui nous sépare à grandes foulées, bien plus vite que je ne l'aurais cru.

Eh merde. J'avale une grosse boule que j'ai dans la gorge en m'efforçant de paraître sûre de moi, bien que j'aie l'impression d'être un matador novice face à la charge de son premier taureau.

Peut-être que je ferais bien de réfléchir, avant de hurler sur l'homme le plus effrayant de cette ville ?

VINGT-TROIS

MOUNT

Je l'attrape par le bras en serrant assez fort pour retenir son attention, mais pas assez toutefois pour lui faire mal, tout en ouvrant grand la porte de la chambre.

Je ne me souviens pas de la dernière fois qu'on m'a hurlé dessus comme ça, en me disant qu'on n'en avait pas terminé avec moi.

Elle est la seule qui ose le faire.

Je suis le point de le lui dire, quand les paroles de Titan me reviennent à l'esprit.

Laissez votre ego à la porte.

Lorsque je relâche Keira, elle recule, toute raide, me signifiant par là, comme toujours, qu'elle me défie, mais je discerne également un soupçon de quelque chose d'autre dans son regard alors qu'elle attend que je prenne la parole. De l'appréhension ?

Je déteste lire ça sur son visage. Je ne veux plus qu'elle ait peur de moi. Ça ne m'apporte aucune satisfaction.

Je referme la porte et je m'appuie contre elle, les bras croisés. Elle observe le moindre de mes mouvements comme si elle s'attendait à ce que je lance les représailles à tout moment. Cette constatation douche les dernières flammes de ma colère.

– Alors allons-y, poursuivons cette conversation.

La peur de Keira se transforme en confusion, ce qui me convient beaucoup mieux. Je ne veux pas qu'elle ressente de la peur, mais cela ne me gêne pas de la déstabiliser. Cela signifie que j'ai une chance de faire pencher la balance en ma faveur.

Elle me tend le contrat.

– Qu'est-ce que c'est que ça ?

– Je suis certain que tu peux très bien le lire par toi-même.

Frustrée, elle fronce les sourcils.

– Tu sais bien que ce n'est pas ce que je veux dire. Pourquoi est-ce que tu me donnes ça ?

Je le jure, je ne connais pas de femme plus difficile à contenter. Je lui réponds sur un ton las.

– Tu préfères ne pas vendre six mille caisses supplémentaires par an ? Si c'est le cas, je suis certain que l'acheteur pourra trouver un autre…

Keira me coupe la parole.

– Bien sûr que ça m'intéresse, mais qui diable est l'acheteur ? Et comment as-tu fait ?

Les muscles de ma mâchoire se contractent, je meurs d'envie de mettre fin à son interrogatoire. Personne n'a le droit de me questionner ainsi. Et je ne sais pas pourquoi je l'ai laissée faire.

Ma voix intérieure me répond : *tu sais parfaitement pourquoi*.

– Ce distributeur fournit les magasins de spiritueux haut de gamme à travers tout le pays.

– Je n'ai jamais entendu son nom et je connais tous les gros poissons.

– Pas tous, visiblement.

– Celui-ci t'appartient ?

Dois-je lui mentir ?... mais à quoi bon ?

– Oui.

Elle se met à grimacer. Ses expressions sont étonnamment facilement à décrypter. Elle n'en a pas terminé avec ses questions.

– Pourquoi fais-tu cela ? Ça n'a aucun sens. Il doit y avoir certaines conditions. J'ai bien compris que rien n'est gratuit avec toi.

Elle n'a pas tort. Dans mon monde, rien n'est jamais gratuit.

Je mets donc les choses au clair.

– Pendant la durée du contrat, tu travailles en direct avec moi. Pas ton assistante ou un vendeur. Toi.

– Donc, ce n'est pas un cadeau. Parce que si c'en était un, il n'y aurait pas de conditions.

Elle agite le papier devant moi.

– C'est encore une autre manière de me contrôler.

Sa voix est calme et ses paroles m'atteignent droit au ventre. *Elle a raison*. C'était ma première tentative de lui offrir quelque chose qu'elle désire, et je l'ai fait foirer.

J'attrape le contrat, je sors mon stylo de ma poche de poitrine et j'avance jusqu'à la table. Je biffe cette clause, je paraphe et je me tourne vers elle.

– Voilà.

Je lui tends le contrat. Keira fronce les sourcils et regarde tout à tour le document et moi.

– Je ne comprends pas.

Ma main se crispe, mes doigts froissent le papier. La mâchoire toujours serrée, je réitère mon offre.

– Aucune condition et une bonne marge bénéficiaire.

Je suis en train de renoncer à tout effet de levier dans ce deal et je ne reçois rien d'elle en retour, ce qui est réellement totalement inhabituel.

Keira se mord la lèvre inférieure tout en avançant la main pour récupérer le contrat. Chacun de ses mouvements transpire l'hésitation.

C'est parce qu'elle ne te fait pas confiance, me dis-je.

– Il doit y avoir autre chose. Tu ne fais jamais rien qui ne soit calculé, et ce n'est pas ton genre de m'accorder des faveurs.

Je veux lui faire remarquer qu'il y a cinq cent mille dollars de plus sur son compte en banque et que toutes ses dettes sont remboursées, mais je me retiens.

– C'est si difficile de croire que je l'ai fait parce que c'est une bonne affaire pour *Seven Sinners*, ce qui signifie que c'est une bonne affaire pour toi ?

Elle lève le menton, l'air buté.

– Alors comme ça, tu me fais la charité ?

Je compte jusqu'à dix, je suis en train de m'enflammer à nouveau. Je le jure, cette femme ne vit que pour me tester. J'essaie de faire quelque chose d'utile et elle me le jette à la figure… *mais uniquement parce que j'y avais d'abord associé des menottes dorées.* Je souffle un bon coup, je me calme un peu.

– Non, je ne te fais pas la charité.

Keira hoche légèrement la tête avant d'attraper le contrat suffisamment violemment pour froisser les pages.

Son menton est toujours pointé vers le plafond.

– Très bien, je te préviendrai si j'ai d'autres remarques à faire avant de signer.

Cette femme… Il faut qu'elle apprenne à ne pas trop me pousser si elle veut que je respecte les règles.

– Ce contrat ne va pas chez ton avocat. C'est non négociable.

Son regard est à nouveau plein de méfiance. Elle aimerait se battre sur ce point, mais elle se retient.

– Ok. Mais je serais une PDG de merde si je ne le relisais pas à fond avant de signer. Ce n'est pas comme ça que je gère mon entreprise.

Sa déclaration détend quelque chose en moi en altérant la perception que j'ai de la femme qui se tient en face de moi. Il s'agit de *Keira Kilgore, la PDG*.

Pas la Keira Kilgore que j'ai l'intention de posséder. Un autre conseil de Titan me revient à l'esprit.

Écoutez. Découvrez ce qu'elle veut. *Offrez-le-lui.*

Je sais reconnaître quand quelqu'un a raison, et c'est le cas. Le contrat, c'est un début, j'ai encore un long chemin à parcourir.

VINGT-QUATRE

KEIRA

La journée de travail est passée comme en accéléré. Tempérance est encore au téléphone, elle finalise les derniers détails pour la soirée Voodoo Kings. Je la salue d'un signe de la main. Elle me sourit tout en faisant mine de me renvoyer. Comme d'habitude, La Balafre m'attend. Je me glisse à l'arrière de la voiture.

Nous avons abandonné cette connerie de cagoule après ma fuite, donc, lorsqu'il part dans la direction opposée, je le questionne, en sachant qu'il ne répondra pas.

– Où allons-nous ?

J'obtiens un grognement pour toute réponse.

Trente minutes plus tard, nous sommes sur la route de de l'aéroport Lakefront. Je suis encore plus étonnée.

– Qu'est-ce qui se passe ?

La Balafre se dirige droit vers un hangar privé et se gare devant les portes vitrées. Il sort de la voiture et vient m'ouvrir, puis me guide vers l'intérieur. J'ai à peine le temps d'entrevoir un lounge cossu, qui n'a rien à voir avec les habituelles salles d'attente meublées de sièges en plastique moulé des aéroports, avant qu'il ouvre une autre porte vitrée. Elle donne sur un tapis rouge qui traverse le tarmac, jusqu'aux marches d'un grand jet privé aux formes fuselées.

Wouah.

Je détaille l'avion noir et or, et bien que je n'y connaisse rien, je suis prête à parier qu'il coûte une vraie fortune. Il n'y a aucun nom, aucun logo indiquant à qui il appartient, mais je m'en doute. La Balafre me désigne les escaliers, j'hésite un peu.

Voler dans un jet privé ou pas ? Je ne pensais pas avoir à prendre cette décision en quittant *Seven Sinners* ce soir. Je mentirais si je niais m'être déjà demandé ce que ça faisait de voler dans un… Mais lorsque je pense à l'homme qui est soit déjà à l'intérieur, soit en route, je me fige sur le tapis rouge.

Que peut-il m'arriver de pire encore ? Ce n'est pas comme s'il ne m'avait pas déjà kidnappée. Le fait de réfléchir ainsi de façon rationnelle et logique prouve que je suis complètement dingue. Voilà l'impact que Mount a eu sur ma vie.

L'autre chose qui me perturbe, c'est le contrat de ce matin. Je n'arrive toujours pas à comprendre son geste. Mais je n'ai pas pu trouver le moindre piège derrière le jargon juridique.

La Balafre grogne derrière moi. Cete fois, ma décision est prise.

Eh merde !

À pas mesurés, je traverse le tapis rouge et je rejoins l'avion. Je pose un pied sur la première marche, j'agrippe la rampe et je grimpe dans la cabine.

L'intérieur est à l'instar de tout ce qui appartient à Mount, noir, or et blanc.

Mount est installé dans un des sièges moelleux en cuir noir, un ordinateur portable posé devant lui. Il lève les yeux lorsque j'entre.

– Qu'est-ce qui se passe ?

Il ferme son ordinateur et se lève.

– On sort.

– Comme si on avait un rencard ?

Je suis totalement incrédule. Mount me désigne du menton le siège en face du sien.

– Assieds-toi. Je vais dire au pilote que nous sommes prêts pour le décollage.

Je m'installe en me demandant ce qu'il peut bien mijoter cette fois-ci. D'abord, le contrat ce matin et maintenant ceci ? Tout cela dans quel but ?

Mount réapparaît immédiatement, et la cabine semble rétrécir maintenant que la porte est fermée et que nous sommes enfermés à l'intérieur. Sa présence me fait souvent cet effet-là.

– Où allons-nous ? je demande en tentant d'ignorer que l'avion se met à bouger.

Je m'agrippe aux bras de mon fauteuil. Mes articulations blanchissent sous la pression, pendant que les statistiques sur les crashs des jets privés comparés à ceux des vols commerciaux me trottent dans la tête. Nous roulons jusqu'au bout de la piste, nous tournons et nous prenons brusquement de la vitesse. *Oh merde !* Que vont penser mes parents lorsqu'ils apprendront que je suis morte en sa compagnie ?

Cette pensée est ridicule, mais je ne suis pas vraiment ce qu'on pourrait appeler logique en ce moment. Je suis sur le point d'hyper-ventiler lorsque l'avion atteint le bout de la piste.

– Keira, regarde-moi.

Le son grave de la voix de Mount me sort de ma panique et je plonge dans son regard attentif.

– Quoi ?

Lorsqu'il détache sa ceinture, j'ai envie de lui hurler de la rattacher, mais il s'installe sur le fauteuil à côté du mien avant que j'aie pu ouvrir la bouche.

– Tu as peur en avion ? demande-t-il.

Je suis trop paniquée pour pouvoir mesurer s'il est préoccupé ou pas. Je secoue rapidement la tête. Je ne sais que trop qu'il ne faut pas avouer sa faiblesse, surtout pas à lui.

– Alors, pourquoi dirait-on que tu es sur le point de vomir ?

Je détourne les yeux pour regarder à travers le hublot.

Oh, doux Jésus ! On a presque quitté le sol. C'était une mauvaise idée. Mount m'attrape le menton en me forçant à le regarder en face.

– Écoute-moi. Tout va bien.

– Tu n'en sais rien.

– Si, je le sais. Parce que j'empêcherai qu'il t'arrive quoi que ce soit.

J'intègre son affirmation, j'en ai l'estomac tout retourné. Je ne sais pas si c'est à cause de ma peur de voler ou du regard pénétrant de Mount. Peut-être les deux. Je m'efforce de me détendre, muscle après muscle, jusqu'à ce que ma colonne se love dans le fauteuil en cuir.

– J'avais oublié. Tu as tout intérêt à t'assurer qu'il ne m'arrive rien, parce que sans ça, qui te rembourserait ma dette ?

Son pouce caresse ma joue et je me raidis devant ce geste inhabituel.

– À un certain moment, tu vas finir par te rendre compte que tout ceci est bien plus qu'une simple dette.

Il parle à voix basse, mais ses paroles ne font qu'augmenter mon anxiété.

– Qu'est-ce que tu veux dire ?

Il lâche mon visage et retourne s'asseoir sur l'un des fauteuils en face du mien en croisant une jambe sur son genou. Il me répond sans me regarder.

– Tu es une femme intelligente. Tu vas finir par comprendre.

VINGT-CINQ

MOUNT

Je n'ai pas assez de mes dix doigts pour compter le nombre de fois où Keira me demande où nous allons, et chaque fois que je refuse de lui répondre, elle est un peu plus frustrée. Lorsque nous atteignons les quatre heures de vol, elle devient dingue.

– Tu ferais mieux de me ramener à temps pour que j'aille bosser demain.

– Je crains que ça ne soit pas possible, mais ton assistante a été prévenue de ton absence et du fait qu'elle devait te remplacer.

– Tu lui as dit ? Ce n'est pas possible qu'elle soit mise au courant.

La voix de Keira semble totalement paniquée. Ça ne m'étonne pas qu'elle ne veuille pas que quiconque soit au courant de notre relation, mais ça m'énerve tout de même encore.

– Non. Elle a reçu un mail de toi, dans lequel tu lui expliquais.

Keyra me regarde d'un air sidéré.

– Comment ? Tu as intérêt à ne pas avoir hacké ma putain de boîte mail. C'est trop…

– Facile ? (Je lui suggère l'adjectif adéquat.)

– Tu ne peux pas faire ça ! Dis au pilote de faire demi-tour, immédiatement.

– Le simple fait que tu croies encore pouvoir me donner des ordres ne cesse de m'étonner.

Sa colère monte, son regard lance des flammes.

– Si tu penses que m'emmener dans je ne sais quelle île privée va me rendre plus docile, tu te goures du tout au tout.

Si je n'avais pas eu cette conversation avec Titan, peut-être aurais-je songé à faire ça, mais ses paroles ont eu un effet considérable sur moi.

– Il s'agit bien une île.

– Tu…

Avant que Keira ne puisse proférer le chapelet d'insultes qu'elle prépare, je sors une pochette de sous mon ordinateur portable et je la pose sur ses genoux. Elle l'ouvre et regarde, avant de replonger un regard abasourdi dans le mien.

– Oh mon Dieu, murmure-t-elle. Nous allons à Dublin ? À la Global Whiskey and Spirits Conference ? Je t'en prie, dis-moi que ce n'est pas une blague, parce que ce ne serait pas drôle.

Je hausse un sourcil. Je ne suis pas le genre à faire des blagues. On dirait que les yeux de Keira vont lui sortir du crâne.

– Putain de merde !

Elle laisse tomber la pochette qui contient la brochure que j'ai dérobée sur son bureau la première nuit où je m'y suis introduit. Elle cache son visage dans ses deux mains, avant de les joindre en position de prière, devant son nez.

– Je ne… je ne sais pas quoi dire. C'est… tellement inattendu.

Elle referme la pochette et poursuit :

– J'ai toujours voulu aller à la GWSC depuis que je suis en âge de savoir ce que c'est.

Je hausse les épaules en retenant difficilement mon sourire triomphant.

– Eh bien, maintenant tu y vas.

– Je ne sais pas quoi dire.

Son regard croise le mien et j'y lis quelque chose que je n'y avais jamais décelé auparavant.

Un mélange d'émerveillement, de gratitude et d'autre chose… de la joie, je pense.

– Alors, ne dis rien.

Elle secoue la tête.

– Si, je dois.

Elle se tait, presse ses doigts sur ses lèvres.

– Merci. Je ne sais pas pourquoi tu fais ça, mais… merci.

VINGT-SIX

KEIRA

Je me réveille en sursaut dans les bras de Mount qui m'installe à l'arrière d'une voiture.

– Où sommes-nous ?

– À Dublin. Tu as raté tout le reste du vol. Et tu as ronflé.

– Je ne ronfle pas.

Un coin de sa bouche remonte bizarrement.

– Tu ronfles en altitude et quand tu es saoule.

Le chauffeur referme la portière et je lance un regard noir à Mount, mais il m'est impossible de continuer lorsque la voiture démarre, quitte l'aéroport et se dirige vers Dublin. J'ai le vertige. Toute ma vie, j'ai voulu venir ici. C'est la ville, le pays d'où vient ma famille et où est né notre whiskey. C'est mon héritage. Mes racines. Je n'arrive toujours pas à croire que l'homme assis à mes côtés est celui qui a rendu cela possible.

– J'y suis vraiment, je murmure en regardant par la fenêtre pour admirer tous ces merveilleux paysages, au fur et à mesure que nous approchons de la ville.

C'est le petit matin, la cité s'éveille.

– D'où est originaire ta famille en Irlande ? me demande Mount.

– D'ici. De Dublin.

– Je comprends pourquoi tu as toujours voulu y venir.

Je hoche la tête, j'ai une boule dans la gorge.

– La distillerie familiale a fait faillite quand le marché du whiskey s'est effondré, et mon arrière-grand-père a embarqué toute sa famille pendant la prohibition. Ils se sont retrouvés à La Nouvelle-Orléans, où il a commencé par faire du whiskey de contrebande. Personne ne voulait l'embaucher pour faire autre chose.

– Ça doit être agréable de savoir d'où l'on vient.

Je détache mon regard de la vitre pour le regarder, mais Mount a déjà tourné la tête. Plusieurs fois, j'ai entendu dire qu'il avait été trouvé bébé devant une église. Je me suis toujours demandé si cette rumeur était vrai. Ce qu'il vient de dire semble pourtant le confirmer.

– Je t'ai googlé, tu sais.

Je n'avais pas l'intension de l'admettre, mais ça m'a échappé.

Il réagit en reportant son attention sur moi.

– Et ?

– Il n'y avait rien. Rien du tout. Comment est-ce possible ?

– L'argent. Le pouvoir. Mon désir de protéger ma vie privée. La crainte des autres.

– Tu ne t'es jamais servi de cet argent et de ce pouvoir pour partir à la recherche de tes racines ?

Son visage s'assombrit.

– Non, et je ne le ferai jamais.

– Pourquoi pas ?

Je sais que je devrais lâcher l'affaire et, pourtant, je ne peux m'empêcher de lui poser la question.

– Parce que celle qui m'a mis au monde n'a rien à voir avec qui je suis ou ce que je fais.

J'abandonne ce sujet et je fixe à nouveau l'extérieur. Je dévore Dublin des yeux pendant que nous roulons dans les rues étroites avant de passer la rivière Liffey. Mais mon excitation a été refroidie par la réponse de Mount. Je ne parviens pas à imaginer ce qu'on peut ressentir lorsqu'on a été abandonné. Lorsqu'on sait que nos parents ne nous ont pas désirés. Mon père a toujours voulu un fils, il a eu trois filles à la place et c'était déjà assez moche de savoir ça en grandissant. Mais comparée à celle de Mount, mon enfance a été un rêve absolu.

Pour la première fois, en l'observant de profil, je ne vois pas le diable en costume qui a le pouvoir de monter mon corps contre moi et de me rendre dingue. À la place, je vois un homme qui s'est battu contre une terrible malchance pour arriver là où il en est aujourd'hui. Je n'ai pas idée de la façon dont il a bâti son empire, et je doute qu'il apprécierait que je lui pose la question. Qui aurait cru qu'il suffirait d'un vol transatlantique et d'un trajet en voiture à travers la ville que j'ai toujours rêvé de visiter pour réaliser que Lachlan Mount n'est pas un mythe ni une légende ? C'est un homme, tout simplement. Un homme dangereux, certes, mais un homme tout de même.

Ça ne change rien, je me dis, sans être vraiment sûre d'y croire moi-même.

***

Nous atteignons le grand hôtel à l'architecture victorienne où nous sommes immédiatement conduits à une suite immense.

– Vos bagages vont être livrés sur-le-champ, Monsieur, dit le concierge lorsque Mount lui tend un gros billet.

Il a des euros sur lui ? Entre le jet et le pourboire, je commence à réaliser que quels que soient la ville ou le pays où nous nous trouvons, la vie de Mount est complètement différente de la mienne.

Une autre pensée me vient à l'esprit.

– J'ai des bagages ?

Ça m'a déjà sidérée qu'il ait mon passeport.

– Bien évidemment. G t'a concocté une garde-robe et l'a fait livrer à l'avion avant que tu arrives. Il m'a assuré que tu aurais tout ce dont tu pouvais avoir besoin, mais si ce n'est pas le cas, tu pourras faire des courses ici.

Mount se crispe, comme s'il s'attendait à ce que je me rebelle, mais il se trompe du tout au tout.

– Tu rigoles ? Je suis à Dublin.... tu te rends compte, une ville que j'ai voulu visiter depuis que je suis môme. En plus, je suis ici pour une conférence où je vais pouvoir apprendre une foule de choses et rencontrer des gens qui peuvent faire énormément progresser *Seven Sinners*. Je ne vais pas perdre mon temps à pinailler à propos de fringues, alors qu'il y a tant de choses à voir et à faire. Du moment que tu as fait emballer autre chose que de la lingerie, je m'en fiche complètement.

Mount me dévisage comme si j'étais une extraterrestre.

– Tu es totalement différente de toutes les femmes que j'ai connues.

Son expression reste indéchiffrable. Je ne sais quoi répondre. Heureusement, un coup à la porte met un terme à cette conversation. Une fois nos bagages déposés dans notre suite, le groom s'enquiert :

– Y a-t-il autre chose que vous désiriez, Monsieur ? Nous sommes à votre service.

Mount se tourne vers moi.

– Qu'est-ce que tu veux manger ? Tu dois mourir de faim.

Ici, c'est le matin, mais pour moi nous sommes encore au milieu de la nuit.

– Je ne sais pas ce qu'il faudrait manger maintenant.

– Ça n'a pas d'importance. Dis-moi simplement ce dont tu as envie.

Je suis sur le point de lui répondre que ça m'est égal, que je prendrai la même chose que lui, mais je m'interromps. *Mount me donne le choix*. Depuis le début, c'est arrivé si rarement. Cette fois-ci, ça me saute aux yeux.

– Une gaufre avec du beurre et du sirop d'érable, et quelques tranches de bacon.

Le groom acquiesce et Mount rajoute sa commande personnelle.

– Un steak et des œufs. Et faites monter une bouteille de chaque whiskey irlandais dont dispose le bar de l'hôtel.

Je dois reconnaître que le groom n'a pas l'air aussi surpris que moi devant cette requête. Là encore, Mount glisse une grosse coupure dans la main de l'homme avant qu'il s'éclipse.

– C'est quoi ce truc de whiskey ?

Mount me jette un regard en coin.

– N'est-ce pas pour ça qu'on est là ? Pour que tu apprennes et que tu te fasses un réseau ?

Il a vraiment écouté.

– Si.

– Eh bien, je pense qu'une bouteille de chacun des whiskeys qu'ils ont en stock t'aidera à préparer les questions que tu souhaites poser aux différents PDG de la Foire.

– Comme s'ils allaient m'adresser la parole, je réponds en riant. Quand j'ai parlé de prendre des contacts, je pensais plutôt aux fournisseurs et aux acheteurs, les petits. Ceux qui sont à mon niveau. Je ne suis pas encore PDG d'un trust international. Je dirige seulement une petite boîte qui est à peine rentable.

Mount efface la distance qui nous sépare et plonge ses yeux dans les miens.

– Ne te mets pas, même une seconde, dans la peau de quelqu'un d'inférieur. Rends-toi à ce Salon comme si tu étais leur égale, parce que c'est ce que tu es. Ton affaire est peut-être petite, mais comme tu me l'as dit, tu n'es pas une PDG merdique et tu viens à peine de démarrer. Tu veux régner sur le monde du whiskey ? Alors, agis comme si c'était déjà le cas.

Ses mots résonnent en moi et me donnent le coup de pouce dont j'avais besoin sans m'en rendre compte.

– Tu ne me semblais pas être un type à faire ce genre de discours d'encouragement.

Il se pince les lèvres.

– Je ne le suis pas.

Cette réponse me touche encore plus, parce qu'elle signifie que son petit discours m'était destiné, à moi seule.

Une vague de chaleur envahit ma poitrine.

– Merci. Pour tout ça. Ça me touche beaucoup.

Je me hausse sur la pointe des pieds pour déposer un baiser sur son menton, à présent couvert d'un début de barbe. Lorsque je redescends, Mount m'attrape par la taille et me serre contre lui.

– C'est donc ça qu'il fallait. Un voyage en Irlande. C'est bien noté.

Je n'ai pas le temps de lui répondre. Ses lèvres s'écrasent sur les miennes et sa langue se fraye un chemin dans ma bouche pour danser avec la mienne.

Lorsqu'il me soulève, instinctivement, mes jambes s'enroulent autour de sa taille. Il me porte jusqu'à la chambre à coucher où nous atterrissons sur le matelas. Mount pèse de tout son poids sur moi. Je plonge mes mains dans ses cheveux. Je me dis que j'agis par gratitude, mais je refuse de creuser la question.

Mount m'arrache mon chemisier en envoyant valdinguer les boutons. Il remonte ma jupe jusqu'à la taille, lorsqu'on frappe à la porte de la suite.

– Merde. La bouffe, dis-je en haletant.

– On s'en fout.

– Ça me va.

Nous ignorons les coups portés sur la porte et la sonnerie du téléphone qui suit, trop occupés à nous dévorer l'un l'autre.

Pour la première fois, la lutte de pouvoir ne prend pas la première place. C'est quelque chose de différent. Quelque chose de… plus déconcertant.

Je repousse cette pensée qui me perturbe pendant que Mount libère son sexe et repousse ma culotte pour découvrir que je mouille déjà. Il ne me quitte pas du regard lorsqu'il me pénètre, lentement cette fois, centimètre par centimètre. Quand il est entièrement enfoncé, il grogne un seul mot à mon oreille.

– *Mienne.*

C'est la chose la plus effrayante que j'ai jamais entendue, parce que je commence à y croire.

VINGT-SEPT

MOUNT

Keira a raté son inscription. Principalement parce que nous nous sommes endormis et que je l'ai réveillée, la tête entre ses jambes, en titillant son clito et son nouveau bijou. J'ai demandé à la réception de récupérer toutes les informations nécessaires, ce qui nous a donné quelques heures de plus, pendant lesquelles je ne l'ai pas laissée sortir du lit. Du moins pas avant que nous décidions qu'il devenait impératif de nous mettre quelque chose sous la dent.

Lorsque Keira fait son entrée au cocktail de bienvenue ce soir-là, je la suis à un pas de distance en me servant de ma taille pour sonder la foule, à la recherche d'éventuelles menaces, tout en arborant un air parfaitement impassible. Ma petite sauvageonne m'a pris au mot. Elle ne montre aucune hésitation, aucune incertitude, elle se déplace comme une reine dans cette salle à prédominance masculine. Les têtes se retournent sur son passage, et cela n'a rien à voir avec la robe haute couture qu'elle porte. Elle est magnétique. Elle vibre d'énergie.

– Ils se demandent tous qui tu es, lui dis-je pendant que nous commandons des verres au bar.

Un whiskey sec pour chacun de nous, de la marque qui détient la plus grande part du marché.

– Ils se demandent plutôt qui tu es, toi, chuchote-t-elle.

– Tu paries ?

– Pas contre toi. J'ai l'impression que tu gagnes à tous les coups.

– Tu finis enfin par comprendre.

Nous nous retournons et examinons la salle, tout en sirotant notre whiskey. Je ne suis pas dans son crâne, mais je suis prêt à parier qu'elle scanne les visages familiers et met sur pied un plan d'attaque.

Un sourire apparaît sur mes lèvres, parce que je suis en train de faire la même chose.

Dieu merci, je ne reconnais personne dans cette foule, du moins pas encore. Bien entendu, mes connexions s'étendent bien plus loin que la seule Nouvelle-Orléans, et je possède une large part du business de la distribution des spiritueux. Toutefois, c'est mon PDG qui est la façade publique de mon entreprise. Je dirige les choses en sous-main, uniquement lorsque c'est nécessaire. Il est là, quelque part, mais s'il tient à son poste, il respectera l'avertissement que je lui ai fait parvenir avant notre départ, à savoir que je ne veux pas qu'il m'approche.

Cette semaine est pour moi une nouveauté. Je n'ai pas besoin d'être Lachlan Mount, l'homme qui, par sa brutalité, inspire de la crainte et du respect. Cette semaine, je peux être absolument qui je veux. Cette anomalie présente un certain charme, et j'en profite. Alors que Keira engage la conversation avec des fournisseurs, des distributeurs et des concurrents, je recule pour lui laisser la place centrale. Elle n'est plus la femme têtue, provocatrice, que j'avais décidé de plier à ma volonté, elle s'est métamorphosée en femme d'affaires impressionnante et brillante.

Ce n'est pas une surprise pour moi, loin de là. Je l'observe depuis assez longtemps pour le savoir, mais je n'avais jamais eu l'occasion de la voir en action si près, et de mes propres yeux. Elle se mêle à la foule. Chacun de ses interlocuteurs est captivé par elle, et je ne suis rien d'autre qu'une pièce rapportée.

Ce qui me surprend, en revanche, c'est de me sentir à ce point libéré.

***

Plus tard, de retour dans notre suite, Keira verse du whiskey dans deux verres et m'en tend un.

– *Sláinte*, dit-elle en levant le sien pour trinquer avec moi.

Je lui réponds, elle porte son verre à ses lèvres et le vide d'un seul trait.

– Il n'est pas bon ?

– Pas aussi bon que du *Seven Sinners*. Peu le sont.

Venant de quelqu'un d'autre, ça pourrait paraître une vantardise, mais dans la bouche de Keira, c'est un simple fait.

Elle croit dur comme fer à son produit.

Sans doute bien plus plus que je n'ai jamais cru en quoi que ce soit.

Elle ouvre une autre bouteille et en verse un peu dans un autre verre.

– Ça m'étonne encore que quelqu'un de ta taille puisse boire autant.

Keira lève son verre et le hume.

– C'est le lait maternel, je suppose. C'est dans mon sang. J'ai bu du whiskey toute ma vie. Seigneur, si les services sociaux avaient su que je goûtais au whiskey à l'âge de huit ans, mes parents auraient été montrés du doigt.

Sa remarque me rappelle tous mes conflits avec les services sociaux et le temps que j'ai passé à tenter de les éviter.

– Je suis certain qu'ils avaient des cas plus urgents à traiter.

Elle hoche la tête, complètement absorbée par sa dégustation, et manque le côté sombre de ma déclaration. Elle me fait un beau sourire, qui réussit bien mieux à chasser les démons de mon passé qu'un quart de bouteille de whiskey.

– Merci. Particulièrement pour cette soirée... Honnêtement, je ne savais pas à quoi m'attendre.

Chacun de ses mots sont remplis d'une gratitude sincère.

– Je n'y suis pour rien.

Elle secoue la tête.

– Mais justement. Je pensais que dès que nous aurions pénétré dans cette salle, tu allais prendre les commandes.

– Nous ne sommes pas là pour ça.

Ça me contrarie qu'elle ait pu penser que j'allais lui voler la vedette, mais quelle preuve lui ai-je donnée jusqu'à présent pour qu'elle puisse attendre autre chose de ma part ?

Keira n'hésite pas à poursuivre.

– Je sais, mais tu es comme ça. Je ne pensais pas que tu sois capable de rester dans l'ombre.

Elle se tait, ses dents du haut se plantent dans sa lèvre inférieure avant qu'elle continue.

– Je t'ai mal jugé, et je n'en suis pas vraiment fière.

J'attrape la première bouteille venue et je m'en verse trois doigts.

– Ne commence pas à m'attribuer des qualités que je ne possède pas.

Sa première impression est bien plus proche de la vérité. J'avale le whiskey sans aucune précaution, comme elle tout à l'heure. Peut-être n'est-ce pas une mauvaise idée de se saouler ce soir.

– Stop. S'il te plaît. Ça compte beaucoup pour moi, et je vais te le dire, que tu le veuilles ou non.

Je repose mon verre sur le bar en hochant la tête, je croise les bras et j'attends la suite.

– Tu étais différent. C'était différent. Je…

Elle hésite un instant.

– Je déteste devoir parler de lui.

Elle baisse les yeux vers le sol. Quand elle prononce le mot *lui*, une vague de possessivité s'empare de moi.

Je lance son nom pour qu'elle n'ait pas à le faire.

– Hyde, tu veux dire ?

Elle acquiesce.

– Qu'est-ce qu'il a ?

Mon ton devient tranchant. Je me raidis en me demandant quelle comparaison elle va bien pouvoir faire entre nous, tout en sachant que ça ne peut pas être en ma faveur.

– Il fallait qu'il soit le centre de l'attention, qu'il ait toujours le dernier mot. C'était moi qui étais née dans cette distillerie, c'était ma deuxième maison. Lui n'était là que depuis cinq minutes et il avait déjà un melon qui l'empêchait de passer les portes. J'étais la PDG, mais il me rabaissait à chaque occasion. Nous étions censés faire équipe. C'est ce qu'il m'avait promis. Mais il était totalement incapable de travailler en équipe.

Je serre les poings. J'aurais dû tuer cet enfoiré moi-même, il est clair qu'il lui a fait plus de mal que je ne le pensais.

– Hyde n'a jamais cessé d'être un escroc de bas étage. Tu n'avais pas le background pour pouvoir t'en rendre compte.

– Peut-être pas, mais j'ai été assez stupide pour en tomber amoureuse, dit-elle en retenant ses larmes.

Espérant que Saxon a fait souffrir ce tas de merde, je lève la main pour l'interrompre.

– Tu n'avais pas la moindre chance, cela dit sans vouloir t'insulter.

Keira se retourne et ne peut s'empêcher de cacher son visage dans ses mains. J'imagine qu'elle va se mettre à verser des larmes. Des larmes que ce fils de pute déclenche encore depuis sa tombe. Ça suffit.

Je l'attrape par le bras et je la fais pivoter, face à moi.

– Arrête. Il ne mérite pas la moindre seconde de ton temps, et pas la moindre larme non plus.

– Je me sens tellement stupide. Et voilà qu'à peine libérée de lui, tu déboules, probablement parce que tu as compris à quel point j'étais idiote et facile à duper. Je n'avais pas la moindre chance face à toi non plus, n'est-ce pas ?

Je la lâche et je baisse les bras en me forçant à rouvrir mes poings qui se serrent tout seuls. Je baisse la voix, mais chaque mot est parfaitement clair.

– Ne me compare pas à cette espèce de merde. Je ne suis pas Brett Hyde.

Une autre larme se met à couler, je ne peux m'empêcher de poser ma main sur sa joue. Elle frémit quand je la touche, et sa réaction me déplaît. Je passe le pouce sous sa paupière, j'essuie la larme suivante.

– Je n'ai pas besoin de t'éclipser lorsque tu es dans ton élément. C'est ton monde. Je souhaite que tu fonces, bille en tête, et que tu le conquiers.

Elle renifle en essuyant d'un geste le reste de ses larmes et repousse ma main. Elle ne réalise pas que jamais je n'offre le moindre réconfort et que me sentir rejeté ainsi m'atteint à un endroit à vif, que j'ignorais posséder.

Je recule, j'agrippe le bar à deux mains et j'attends qu'elle relève les yeux.

Elle veut la vérité ? Je vais lui dire l'absolue vérité.

– Et non, tu n'avais pas la moindre chance contre moi. J'obtiens toujours ce que je veux.

VINGT-HUIT

KEIRA

J'ignore si Mount a fait cette dernière déclaration pour m'exaspérer, mais il y est parvenu. J'ai fait preuve d'honnêteté et il m'a répondu par de la domination. Comme toujours.

Alors, je vais montrer ce qu'il attend de moi.

Une attitude.

– Et que veux-tu en ce moment, Mount ?

J'insiste bien sur son nom, parce que pendant un temps, Mount a semblé être un homme auquel je pouvais me confier, mais à présent, je sens qu'il est redevenu le bâtard arrogant auquel je me heurte depuis le début.

– Ce que je veux depuis toujours. Toi.

Sa main se déplace à la vitesse de l'éclair, il m'attrape et me tire vers lui. Impossible, lorsqu'il me serre dans ses bras, d'ignorer l'épais renflement du tissu de son pantalon de costume.

– Alors, tout ce numéro, ce soir, c'était uniquement pour me mettre dans ton lit ?

Je le défie du regard, ses yeux s'assombrissent et son visage se ferme.

– Je n'ai pas besoin de faire quoi que ce soit pour ça. Tu as accepté toutes mes conditions. De ton plein gré, il me semble.

Je serre les dents devant cette piqûre de rappel.

– Il existe des cours où l'on enseigne ce genre d'arrogance, ou bien c'est inné chez toi ?

Toute la douceur que je sentais en lui fond comme neige au soleil, et c'est comme si on était revenus au point de départ. *Sauf que je suis à Dublin. Et que c'est lui qui m'y a amenée.*

Être face à cet homme, c'est comme se prendre un ouragan de force 5 en pleine figure. Soudain, des émotions contradictoires m'envahissent. Mount ricane sourdement.

– Tu me trouves arrogant ? Tu as à peine gratté la surface. Sache que ce n'est parce que je t'ai laissée prendre la direction des opérations dans ton monde que tu vas pouvoir le faire ailleurs.

– Tu es impossible.

Je lui siffle ça entre mes dents, mais mon corps répond déjà au sien et je me donne un mal fou pour ne pas me frotter contre lui comme une chienne en chaleur. La moindre petite pression supplémentaire augmente mes sensations grâce à mon piercing.

– Tel est pris qui croyait prendre, dit-il.

– Va te faire foutre !

– Tout ce que je veux foutre, c'est toi.

Il me dévore des yeux. Ses narines palpitent, sa main libre m'attrape l'arrière de la cuisse et remonte. Sa paume glisse sous ma jupe et agrippe mes fesses.

– Et toi aussi, tu en meurs d'envie.

– Pas ce soir.

Il approche ses lèvres de mon oreille et murmure :

– Menteuse.

Deux possibilités s'ouvrent à moi : le trucider dans cette suite sublime et passer le reste de ma vie à fuir ou céder à la folie et lui sauter dessus comme mon corps en meurt d'envie.

– Je te déteste toujours.

Ses dents se referment sur mon lobe d'oreille.

– Non. Tu détestes juste le fait de me désirer autant que moi, je te désire.

Il tire sur ma culotte et mes mamelons se dressent.

– Admets-le, et je vais te donner tout ce dont tu as envie.

– Ce n'est pas nouveau. Nous savons tous les deux que tu peux faire en sorte que je te désire. Pourtant, ça ne veut rien dire, sauf que tu sais mieux jouer à ce jeu que moi.

Il me relâche brutalement.

Étonnée, je trébuche en reculant sur mes talons aiguilles et je me rattrape au bar. Mount recule d'un pas et ôte sa veste qu'il pose sur le sofa du salon. Il recule encore d'un pas, desserre son nœud de cravate et la pose sur un fauteuil. Un autre pas et les deux boutons du haut de sa chemise sont ouverts, révélant son cou bronzé. Un autre pas, et tous les autres boutons le sont aussi, sa chemise est grande ouverte sur sa large poitrine et ses abdos en béton. Il se tient debout au milieu de la suite, plonge ses mains dans ses poches et me regarde bien en face.

– Je veux l'entendre maintenant. Avant que je te fasse grimper aux rideaux et que tu sois prête à dire n'importe quoi pour que je te fasse jouir.

J'humecte mes lèvres et je les serre. Mes muscles internes se contractent déjà, je mouille son string, mon corps anticipe la suite.

Le meurtre ou le plaisir. Qu'est-il arrivé à ma vie pour que ces deux choix soient devenus des solutions au même problème, viables et équivalentes ?

Mount est arrivé.

– D'accord. Je l'admets. Tu as gagné.

Mount secoue lentement la tête.

– Il ne s'agit pas de gagner. Il s'agit que tu comprennes enfin que tu désires ce que je te donne. Tu ne veux pas seulement que je prenne le contrôle, tu en as besoin.

Il a raison. Je ne peux plus le nier. Nous savons tous les deux que je suis une menteuse minable.

– Alors, prends-le, lui dis-je.

À nouveau, son visage incroyablement beau tressaille légèrement.

– Non Keira, ce soir, tu vas te donner à moi volontairement.

– Que veux-tu dire ?

Il penche la tête vers la porte-fenêtre dissimulée derrières d'épais doubles-rideaux.

– Ouvre les rideaux.

Mon cerveau s'affole. Où nous entraîne-t-il donc ?

– Pourquoi ?

– Pose encore une question, et je te jure que tu ne jouiras pas ce soir.

Je me mords la lèvre, parce que mon instinct me pousse à discuter chacun de ses ordres. Mais l'idée d'être privée d'orgasme toute la nuit, alors qu'il peut m'en procurer des tas, n'est pas quelque chose que je veux même envisager. Ses yeux sombres s'enflamment lorsque je me dirige vers les rideaux et que je commence à les ouvrir.

La pièce est faiblement éclairée, mais suffisamment pour offrir une vue parfaite de l'extérieur.

– Baisse les bras. Ne bouge pas…

Dans le reflet de la vitre, je vois Mount défaire ses boutons de manchette, ôter sa chemise et la laisser tomber sur le sol, avant d'avancer vers moi.

Le froid provenant de la fenêtre qui me fait trembler et la chaleur de Mount dans mon dos créent en moi des sensations contradictoires, mais habituelles quand je suis avec lui. Mount fait crisser la fermeture Éclair de ma robe en l'ouvrant. Ses doigts font glisser les bretelles de mes épaules, mais je les rattrape avec mes coudes, en serrant ma robe contre ma poitrine.

– Quelqu'un pourrait me voir.

Sa voix est basse et implacable.

– Ils peuvent regarder, mais ils ne peuvent pas toucher ce qui m'appartient.

Mes bras en tombent d'eux-mêmes et ma robe glisse sur mes pieds.

– Sors de là.

Les dents de Mount frôlent à peine mon épaule, puis effleurent ma nuque. Je me mets à gémir.

– Tu vas m'obliger à le dire deux fois ? gronde-t-il à mon oreille en pinçant mon lobe.

C'est une lutte de pouvoir. Celle dont j'ai tellement envie. Quand il a dit que c'était ce que je désirais, il n'avait pas tort.

– Non.

Je me soumets. Sans tarder, Mount repousse du pied la splendide robe de créateur que je porte avant de m'attraper par les poignets pour me forcer à poser mes deux mains à plat sur la vitre. Un grand frisson me parcourt, mes tétons se dressent contre la dentelle de mon soutien-gorge bustier pendant qu'il grommelle à mon oreille.

– Garde tes mains sur la fenêtre ou bien ta punition viendra plus tard, et je te promets qu'elle ne sera pas aussi agréable que ça.

Je hoche la tête et Mount lâche sa prise. Je reste en position pendant que ses doigts remontent le long de mes bras vers mes épaules, avant de contourner ma cage thoracique pour venir effleurer mes mamelons à travers mon soutien-gorge.

– Je n'accorde pas assez de temps à ces seins sublimes.

Sans attendre, il détache mon soutien-gorge et le jette par terre. Mes seins plongent dans ses mains. Il joue avec mes tétons, déclenchant des vagues de plaisir qui irradient jusque dans mon sexe. Mes gémissements l'excitent.

– Penche-toi en avant. Laisse-les retomber sur la vitre. Arrange-toi pour qu'ils soient agréablement froids. Je veux qu'ils soient plus durs encore pour moi.

Même si mon instinct me pousse à me rebeller face au côté obscène de son ordre, je lui obéis tout en retenant mon souffle. Ma peau touche la paroi de verre froide.

– Bonne fille, dit Mount juste avant de me flanquer une gifle sur les fesses.

Je me raidis, mais il m'attrape par les hanches pour me remettre en position pendant qu'il frotte son sexe en érection contre moi.

– Tu t'inquiètes encore qu'on puisse nous voir à présent ?

– Je ne sais pas, je murmure.

Sa main glisse alors sur mon ventre et vient jouer avec l'élastique de mon string qu'il fait claquer avant de l'arracher. Il prend ma chatte dans sa main pendant que ses dents frôlent mon épaule et qu'il grogne de satisfaction.

– J'ai intérêt à montrer au monde extérieur à qui appartient ce con, au cas où il leur viendrait des idées.

Le frisson défendu à l'idée d'être vue ne fait qu'ajouter à mes émotions confuses. Mount glisse un doigt dans ma fente qui est déjà humide. Quand il le passe autour de mon piercing, je me mets à rouler des hanches. Tout mon corps meurt d'envie d'aller plus loin.

– Tu vas encore me dire que ce con parfait ne m'appartient pas ?

Ses grommellements me rendent encore plus frénétique.

– Non !

Cette fois, le mot jaillit comme un gémissement violent, alors qu'il enfonce deux doigts en moi jusqu'à la garde.

– Je ne le pensais pas.

Il continue à me baiser plus profondément avec ses doigts et je crispe les poings. Mais je m'efforce de les garder posés sur la vitre et de ne jamais rompre le contact, même lorsque Mount sort sa queue et entreprend de se branler entre mes fesses.

– Un jour, bientôt, on ne se posera plus non plus la question de savoir à qui appartient ce cul parce que, quand je vais plonger ma queue dedans, tu vas hurler mon nom.

Ses mots orduriers déclenchent un autre gémissement en moi. Mount bouge, il place son sexe devant mon con et enfonce le bout son gland.

J'ouvre la bouche, prête à le supplier, sauf que cette fois-ci, il ne me fait pas attendre. Il s'enfonce profondément, en une seule poussée. Ses deux mains pressent les miennes sur la vitre. Il me laboure sans pitié, et j'adore chaque seconde.

Quand je jouis, c'est en poussant un cri que tout Dublin doit entendre.

Mais dans les bras de Mount, j'oublie de m'en soucier.

VINGT-NEUF

MOUNT

Après deux jours de réunions, j'en ai appris bien plus sur le whiskey et les alcools que je ne voulais savoir. Mais je dois avouer qu'à présent, j'éprouve une profonde fascination pour ce sujet. Beaucoup de ce que j'ai appris pourra être utilement mis en pratique pour rationaliser ma propre entreprise. Keira et moi nous nous sommes séparés pour pouvoir assister au maximum de présentations possible.

Est-ce que j'apprécie de la laisser seule au milieu d'hommes qui la dévisagent comme si elle était au menu de leur prochain repas ? Pas particulièrement, mais j'ai remarqué quelque chose d'aussi important, qui m'ôte l'envie de les trucider : Keira ne les voit pas.

Pas comme des hommes. Elle les voit comme des sources de connaissance, des concurrents, des acheteurs possibles et des fournisseurs potentiels. Elle est à cent pour cent dans son boulot pendant la journée, mais dès que nous regagnons notre suite le soir, tout change. La lutte de pouvoir reprend, mais elle se soumet un peu plus chaque fois. Parfois, j'ai un mal de chien à ne pas l'enlever d'une soirée à laquelle nous sommes invités pour la baiser dans l'ascenseur qui monte à notre suite.

Une seule chose me retient, je ne veux pas risquer de bousiller sa réputation et la crédibilité qu'elle est en train de se créer. Pour Keira, ce serait une faute impardonnable. Contre la fenêtre, c'était différent. Je ne lui ai pas dit avant qu'on ait terminé que la vitre était teintée et que personne ne pouvait nous voir. Ça valait la peine d'affronter son regard furieux, après l'avoir entendue crier en jouissant, après notre petite bagarre.

Comme un toxico en manque qui attend son prochain shoot, chaque fois que je suis avec elle, je recherche à atteindre les mêmes sommets. Sauf que la différence entre Keira et la drogue, c'est que chaque fois c'est meilleur.

Aujourd'hui, c'est la seule journée libre du Salon. Demain, les réunions reprennent pendant la journée, puis ce sera le gala de clôture et la cérémonie de remise des prix dans la soirée.

J'aimerais mieux la garder dans mon lit, avec ma queue plantée en elle toute la journée, mais j'ai déjà prévu quelque chose. Je me maudis lorsqu'elle enfile un jean, un sweater de gym, et par-dessus une veste en cuir.

Bon sang, elle est super-sexy. Nue. Habillée. En petite culotte. Ça n'a pas d'importance. La première étape de l'addiction : admettre que vous avez un problème.

Aux chiottes toutes ces conneries. Je vais parfaitement bien.

TRENTE

KEIRA

Alors qu'une voiture nous transporte à travers les rues de Dublin, mon excitation ne fait qu'augmenter. Je ne suis pratiquement pas sortie de l'hôtel depuis que nous sommes ici, mais aujourd'hui je peux enfin voir la ville que j'ai visitée tant de fois en rêve.

– Où allons-nous ? je demande à l'homme silencieux à mes côtés.

– Tu verras.

Je lève les yeux au ciel. Je sais poutant qu'essayer en permanence d'obtenir une réponse ne marchera pas. J'ai toutes les chances de terminer avec une fessée, tout en détestant m'avouer que j'ai aimé ça.

Je me tais donc et je m'imprègne de l'atmosphère de la ville. Les bâtiments sont très proches les uns des autres, ça me rappelle La Nouvelle-Orléans, mais ils sont d'un style différent, certains géorgiens, d'autres victoriens, et je ne sais pas trop quoi encore. Le ciel est gris, mais ça n'empêche pas les gens d'être dans les rues et les touristes de grimper dans les bus à impériale vert et rouge qui font le tour de la ville. Je n'arrive pas à imaginer ce que dirait Mount si j'essayais de lui faire prendre un bus. À cette idée saugrenue, je laisse échapper un rire discret.

– Quoi ? me demande-t-il.

Je détourne le visage de la vitre pour découvrir qu'il me regarde.

– J'essayais de t'imaginer dans un de ces bus de touristes.

– Et tu trouvais ça drôle ?

– En fait, je me suis trouvée idiote d'essayer de l'imaginer.

Je reporte mon attention sur l'extérieur et le chauffeur continue à manœuvrer dans les rues étroites. Une grande église apparaît, je crois savoir ce que c'est.

– C'est la cathédrale Saint-Patrick, n'est-ce pas ?

– Je crois que tu as raison. Padraig ?

Padraig, notre chauffeur, intervient.

– Oui, M'dame. Elle a plus de huit cents ans. Saint Patrick lui-même a baptisé des croyants à cet endroit. La construction du bâtiment actuel n'a débuté qu'en 1220.

Les grandes flèches grises atteignent le ciel. L'idée que saint Patrick lui-même a foulé ce sol, l'homme dont mon grand-père portait le nom, m'emplit d'un sens profond de l'Histoire. Nous tournons à droite, là où de longs bâtiments de briques brun rouge longent la rue. Je réalise que ce doit être des maisons de ville. Chacune semble avoir une porte de couleur différente, rouge, blanche, verte, jaune, bleue, violette ou turquoise. Un véritable arc-en-ciel.

– C'est quoi, ces portes ?

Le chauffeur jette un rapide coup d'œil dans le rétroviseur avant de m'expliquer.

– Les maisons de ville étaient toutes pareilles. Il était exigé qu'elles soient identiques, mais les habitants se sont mis à peindre leurs portes de couleurs différentes pour pouvoir les reconnaître. Comme ça, votre voisin bourré n'essayait pas de forcer votre porte après avoir descendu trop de pintes de bière au pub.

Son explication me fait rire, il faut dire que c'est tout à fait judicieux. Nous tournons encore, puis encore une fois, et j'essaie de tout mémoriser, lorsque la voiture ralentit puis s'arrête devant un grand bâtiment portant un nom et un logo que je connais bien. Je suis cette famille depuis deux ans. Leur histoire est similaire à la mienne et c'est elle qui m'a inspirée quand j'ai décidé mon projet de construction. Si je pouvais amener *Seven Sinners* à leur niveau, j'aurais accompli une énorme partie des buts que je me suis fixés. Je détourne les yeux du phénix doré du logo accroché sur l'immense bâtiment pour regarder Mount.

– Comment savais-tu que je voulais venir ici ?

– Malgré ce que tu sembles croire, je prête vraiment attention à ce que tu dis.

J'ai passé plus de la moitié de la Foire à trouver un moyen de parler au propriétaire de cette distillerie, mais je n'ai pu y parvenir.

Je plisse les paupières, fort surprise que Mount l'ait remarqué.

Le chauffeur se gare et sort de la voiture avant de venir m'ouvrir la portière. Mount me suit. Le vent vif irlandais me saisit. Je ne regrette pas d'avoir enfilé la veste en cuir, le jean et le pull-over que G avait prévus pour moi. Pourtant, même s'il y a la moindre chance que le propriétaire soit là, j'aurais sans doute mieux fait de mettre un tailleur ou quelque chose de plus formel.

Mais il n'y a aucune chance. Il doit passer la journée en réunions, comme presque tout le monde, bien que ce soit notre journée « libre ». Je ne suis pas parvenue à organiser de rendez-vous avec certains PDG de diverses sociétés connues dans le monde entier, j'espérais que Mount ne l'avait pas remarqué. Si j'en juge par cette surprise, je me trompais.

– Bonne visite. J'attendrai votre signal lorsque vous aurez terminé, nous dit Padraig en refermant la portière de la voiture.

Ses paroles me rappellent que cette distillerie a fait exactement ce que Tempérance et Jeff Doon veulent faire chez *Seven Sinners*, c'est-à-dire ouvrir nos portes au public pour des visites quotidiennes.

Lorsque nous pénétrons dans les lieux, l'intérieur me rappelle la rénovation que j'ai effectuée chez *Seven Sinners*, et je note mentalement certains points pendant que Mount donne mon nom à l'hôtesse.

– Bien entendu. Je vais prévenir votre guide que vous êtes arrivés. Puis-je prendre vos manteaux ? Il fait assez chaud à l'intérieur.

Je lui tends le mien, Mount en fait de même. Aujourd'hui, il a échangé son costume contre un jean noir, mais je n'avais pas vu ce qu'il portait sous sa veste jusqu'à présent. C'est un tee-shirt gris délavé avec un logo *Seven Sinners*.

Nous avions fait faire ces tee-shirts il y a déjà des années. Quand mon père dirigeait encore la société et que je commençais à gravir les premiers échelons. Cette expérience de vêtements griffés n'avait duré qu'une année, jusqu'à ce que mon père décide que c'était un échec.

– Où as-tu trouvé ça ?

Mount me lance un regard en coin.

– Est-ce que ça compte ?

– Oui.

– Je m'intéresse à *Seven Sinners* depuis très longtemps. Même avant de te connaître.

Mon cerveau se met à fonctionner à toute allure, je tente de comprendre ce que cela signifie, mais notre guide nous rejoint à l'entrée. Ce n'est autre que le PDG en personne.

– Madame Kilgore, c'est un plaisir de faire votre connaissance. On m'a dit que nous avions à faire face à une concurrence féroce venant de La Nouvelle-Orléans, à cause de vous et de *Seven Sinners*.

Il me salue avec respect, et je me souviens de ce que m'a dit Mount.

Ne te mets surtout pas, même une seconde, dans la peau de quelqu'un d'inférieur.

Je suppose que c'est ce que je dois faire à présent, faire semblant.

– Monsieur Sullivan, c'est un honneur pour moi. Voici…

Je me retourne pour lui présenter Mount, mais le PDG de la distillerie *Sullivan* me prend de vitesse.

– Inutile de faire les présentations.

Deegan Sullivan tend alors la main à Mount qui la serre.

– Cela fait un bail, Mount. Je suppose que tu as reçu ma caisse de whiskey en gage de reconnaissance ?

Mount hoche la tête.

Je regarde les deux hommes tour à tour, ils ont l'air de jouer au ping-pong.

Mount connaît Deegan Sullivan ? Pourquoi est-ce que cela me surprend ?

– Je l'ai bien reçue.

Deegan jette un coup d'œil au tee-shirt de Mount.

– Mais il semble que tes goûts aient changé. Je ne suis pas certain que tu sois impressionné par ce que nous avons à vous proposer lors de notre dégustation, aujourd'hui.

Mount ouvre les mains avec un petit sourire.

– Je suis un pur produit de NOLA[5]. Ce n'est pas difficile de savoir où va ma loyauté. Quoi qu'il en soit, cette visite ne me concerne pas. Madame Kilgore est prête, alors à toi de jouer, Deegan.

– Bien sûr. Keira, n'est-ce pas ? J'insiste pour que nous laissions tomber les formalités.

– C'est parfait. Je dois reconnaître que je suis vos progrès depuis plusieurs années.

– Et moi les vôtres. Faire du whiskey dans la tradition irlandaise à La Nouvelle-Orléans est une excellente façon d'attirer l'attention.

– De certaines personnes, je suppose.

– Aimeriez-vous voir la distillerie ? Nous n'avons pas de visite avant plusieurs heures, alors nous avons tout l'espace pour nous.

– Avec plaisir, je réponds, tout excitée.

– Puisque vous êtes déjà une experte, je vais vous épargner l'ensemble de la leçon pour me concentrer sur ce que nous avons de meilleur.

Quand Deegan ouvre une grande porte, la chaleur des alambics me frappe au visage et me rappelle *Seven Sinners*. Nous grimpons une volée de marches jusqu'à une passerelle métallique qui offre une vue générale de toute la chaîne de production dans une seule pièce. Chez *Seven Sinners*, à cause de l'âge du bâtiment, nous ne sommes pas aussi bien organisés.

– Nous avons plusieurs livraisons de céréales par semaine, d'orge malté ou non, et nous employons

5. Abréviation US pour New Orleans, Louisiana.

des engins spéciaux pour le transporter des silos au broyeur humide.

– N'est-ce pas plus normal pour une brasserie que pour une distillerie ? je demande.

J'avais moi-même caressé cette idée. Mais quand j'en ai parlé à mon père, l'année dernière, il l'a immédiatement rejetée.

– Nous sommes à la recherche de l'efficacité maximum et nous trouvons que ça fonctionne beaucoup mieux.

J'avance au bord de la plateforme et je me penche sur la rambarde pour étudier le moulin de plus près.

– Moi aussi j'apprécie l'efficacité, mais mon père…

Je recule et découvre Deegan qui hoche la tête.

– Parfois, lorsqu'on prend les rênes, il faut arrêter d'écouter la génération précédente. Lorsque la seule réponse qu'ils vous donnent c'est que c'est comme ça qu'on a toujours fait, je pense que la technologie nous apporte probablement une meilleure solution.

Je suis déjà allée plusieurs fois à l'encontre de l'opinion de mon père, la première fois avec le gros prêt à la banque et la réorganisation. Changer le fonctionnement de fond en comble, autrement qu'en passant à du grain bio, ne m'avait jamais effleurée. Pourtant il me semble que c'est ce que je devrais faire.

Deegan se dirige vers la suite du processus de brassage.

– Je suis certain que vous reconnaissez du brassin quand vous en voyez et que vous en sentez.

J'inhale l'odeur spécifique du contenu des cuves, que je connais bien, je pose quelques questions sur la température et le minutage, et Deegan est étonnamment honnête dans ses réponses.

– Je n'ai pas besoin de vous expliquer comment le liquide est séparé pour que nous puissions envoyer le moût dans les cuves à fermentation, et que le grain est ensuite utilisé comme aliment pour animaux.

Je souris.

– Non, je connais les bases.

– Plus que cela, j'en suis certain.

Alors que nous avançons tout en parlant fermentation et avantages qu'il y a à utiliser à la fois des cuves en acier et des barriques en bois, Mount reste un demi-pas derrière moi, silencieux tout du long.

Ou bien il s'ennuie… ou alors il me laisse diriger les opérations, comme il l'a déjà fait à la Foire. Pour la première fois, je lui accorde le bénéfice du doute et je me dis que c'est la deuxième possibilité. La chaleur qui m'envahit n'a rien à voir avec celle qui sort des splendides alambics en cuivre, mais tout à voir avec l'homme qui me suit.

TRENTE ET UN

MOUNT

J'ignorais qu'on puisse avoir envie d'un alambic, mais l'air passionné avec lequel Keira regarde les trois énormes alambics fabriqués en Italie me fait prendre conscience que c'est possible.

– *Seven Sinners* utilise aussi la triple distillation, n'est-ce pas ? demande Sullivan.

– Ma famille a toujours utilisé ce procédé et seulement celui-là. Notre devise, c'est *Produire moins, mais produire le meilleur*.

– Et le plus fort ! ajoute Sullivan en riant. Nous sommes d'accord là-dessus.

Tous deux vont et viennent en se posant des questions et en y répondant à tour de rôle, jusqu'à ce que je sois certain que Keira a emmagasiné suffisamment d'informations pour rentrer chez elle et revoir de fond en comble la production de *Seven Sinners*. Habituellement, cette discussion sur le nombre de barils utilisés, la maturation, la cuvaison, et l'embouteillage ne m'intéresserait que très peu, mais l'attention ravie de Keira me la rend fascinante.

À la fin de la visite, environ trois heures plus tard, Sullivan nous montre le salon de dégustation, avec son bar et sa boutique-cadeaux.

Keira examine tout cela avec un regard d'envie.

– Tempérance, mon assistante, me balancerait tout ceci au visage en ajoutant : *je te l'avais bien dit*.

Sullivan et moi la dévisageons d'un air surpris. Elle s'explique.

– Elle me tanne depuis longtemps pour que je fasse la même chose que vous. Organiser des visites de notre entreprise, montrer aux gens ce que nous faisons et pourquoi nous le faisons afin qu'ils ressentent un véritable lien avec notre marque. Leur faire goûter et aimer nos produits, puis leur en vendre un maximum avant qu'ils ressortent de chez nous. Puis-je prendre quelques photos ?

– Allez-y, je vous en prie. Et vous avez parfaitement compris. C'est exactement ce que nous faisons, lui répond Sullivan. Nous ne sommes ni *Jack Daniels* ni *Jameson*, ces bouteilles que les gens attrapent sur une tête de gondole parce qu'ils en ont déjà entendu parler. Mais une fois que quelqu'un a fait cette visite de la distillerie *Sullivan*, il s'en souvient toute sa vie, et avec un peu de chance, il en achète toute sa vie. C'est une relation intime. C'est pour ça que nous avons construit cette distillerie en pensant aux futures visites organisées.

Keira soupire.

– Je viens tout juste d'entreprendre un énorme chantier pour nous permettre d'accéder au XXIe siècle, un peu tard comme toujours. Nous avons construit un restaurant et avons engagé de gros travaux de restauration dans tout le bâtiment. Tout recommencer et concevoir des installations qui permettent des visites serait impossible. Sans compter que nous devrons également améliorer notre matériel.

– Peut-être que ce n'est pas encore le moment, mais vous n'êtes aux commandes que depuis peu de temps, n'est-ce pas ? Vous avez encore de nombreuses années devant vous pour parvenir à ce que vous voulez.

– Si j'avais des fonds illimités, peut-être… Je vais me contenter de faire les changements que je peux, tout en conservant la qualité. J'ai de la place pour une boutique-cadeaux. Nous avons déjà un restaurant. J'ai l'impression que mes avocats paniqueraient si je leur parlais d'organiser des visites.

Sullivan sourit.

– Au diable les avocats ! Tout ce qu'ils veulent, c'est se mettre en travers du chemin. Trouvez un moyen d'y parvenir. Nous sommes les seuls dans notre genre à Dublin. Bien sûr, vous pouvez aller visiter le vieux bâtiment *Jameson*, mais on n'y produit plus de whiskey. Aujourd'hui, c'est devenu un musée. Parfait pour les gens qui connaissent déjà *Jameson*, mais on sait bien aussi que si vous voulez vous démarquer dans la tête des gens, il faut toujours en faire plus. C'est le rôle de ce musée.

Nous nous asseyons autour d'une des tables et nous goûtons divers échantillons de whiskey. Keira n'est qu'à moitié concentrée sur les saveurs que nous décrit Sullivan. Elle est déjà en train de réfléchir aux commentaires qu'il vient de lui faire.

Tout comme moi.

TRENTE-DEUX

KEIRA

Lorsque nous sortons de la distillerie *Sullivan*, mon cerveau carbure à mille à l'heure. Mount a dû envoyer un texto à Padraig, parce que le chauffeur arrive et lui prend la caisse de whiskey que Deegan a insisté pour nous offrir afin de la ranger dans le coffre de la voiture. Je sors mon téléphone et prends une dizaine de notes sur les sujets à aborder avec Tempérance et Louis à mon retour. J'ai des plans. Tous les plans.

– Souhaitez-vous que je vous reconduise à votre hôtel, Monsieur ? demande Padraig.

– Ça dépend, lui répond Mount, et je lève les yeux de mon téléphone pour croiser son regard.

Que devons-nous absolument voir avant de quitter Dublin cette fois-ci ?

Cette fois-ci. Cela sonne comme si j'allais revenir, et je décide que Mount a raison. Je vais revenir. Mais pour l'instant… je sais exactement ce que je veux voir d'autre.

Je ne suis pas une grande fan de bière, mais j'ai toujours voulu voir la porte Saint-James et boire une pinte au bar *Gravity*, en haut de l'entrepôt *Guinness*.

– Y allons-nous ? demande Padraig. Ce n'est pas très loin, mais c'est encore dans les Liberties, et vous pourrez les visiter par vous-mêmes en grande partie. C'est un des endroits favoris des touristes.

J'ai envie de dire oui. Je ne peux imaginer Mount au milieu d'une foule de gens qui mitraillent, mais je me suis en partie inspirée des photos du bar *Gravity* pour le restaurant du dernier étage de *Seven Sinners*. En être si proche sans le visiter, ça craindrait vraiment.

– Les désirs de Madame sont des ordres, répond Mount, ce qui me sidère vraiment. Allons à l'entrepôt. Si aujourd'hui nous devons jouer les touristes, autant le faire jusqu'au bout.

Dix minutes plus tard, nous sortons de la voiture dans une rue pavée, devant un bâtiment massif en pierre et brique. Je me dirige vers la porte, où l'on peut lire « Bienvenue à la maison de la Guinness ». À l'intérieur, c'est complètement dingue. Le brouhaha de centaines de touristes résonne dans le patio central. La main de Mount ne quitte pas une seconde le creux de mes reins, tout le temps où nous faisons la queue pour acheter nos billets, puis lorsque nous déambulons dans l'espace boutique en nous dirigeant vers l'escalator afin de commencer la visite.

– Arthur Guinness était un type futé, lance Mount en regardant un panneau sur ce qui ressemble à une réplique partielle d'une cuve à fermentation. On peut y lire :

TOUT CE QUI EST NOIR ET BLANC
N'A PAS FORCÉMENT DE SENS

Le fait que Mount ait remarqué le panneau me fait penser à l'omniprésence du noir, du blanc et de l'or dans les deux suites que j'ai vues dans son domaine. Et la salle à manger. Et les couloirs.

– Est-ce que tu t'es inspiré de Guinness pour ta décoration intérieure ?

Lorsque je me retourne pour lui faire face, il est juste derrière moi, sur l'escalator, du coup nos yeux sont à la même hauteur.

Le rire tonitruant de Mount couvre les conversations qui, je le jure, se calment un instant.

– Non. Non, pas du tout.

– Alors, de quoi s'agit-il donc ?

Sa gaieté disparaît, je ne pense pas qu'il va me répondre, pourtant il le fait.

– C'est un rappel.

– De quoi ?

– Qu'il existe des choses absolues, comme le bien et le mal, le vrai et le faux.

Voilà qui explique le noir et le banc.

– Mais, et le doré ?

– La règle d'or. Celui qui possède l'or fait la loi… et peut décider si les limites entre le bien et le mal sont franchies.

Je me surprends à me dire que Mount ne m'a donné qu'un petit aperçu de ce qu'il a dans le crâne, et je ne sais pas quoi faire de cette information.

Dans la situation actuelle, c'est Mount qui, sans conteste, possède le plus d'or, c'est donc lui qui dicte les règles. Mais le vrai et le faux, le bien et le mal, ce genre de concepts ne semblent pas vraiment le déranger. Je dirais plutôt qu'il vit dans des nuances de gris.

Il lève le menton et jette un coup d'œil plus haut.

– Tu rates quelque chose.

Je regarde dans la direction qu'il indiquait. C'est un panneau en verre sur lequel on peut lire :

Ceci est l'entrepôt qui, pendant presque un siècle, a abrité le processus magique de la fermentation. Sa construction a débuté en 1902. Quatre ans plus tard, la fermentation a commencé et s'est poursuivie jusqu'en 1988.

Ma curiosité à propos du noir, du blanc et de l'or est momentanément mise de côté, alors que l'histoire de ce lieu me saisit. Ça n'a peut-être strictement rien à voir avec le whiskey, ma passion, mais je ressens plus fortement que jamais mes racines et les liens entre cette ville et moi.

Mount et moi arpentons chaque étage, en regardant les affiches et en écoutant l'histoire de Guinness. Ce qui impressionne le plus Mount, c'est qu'Arthur

Guinness lui-même a eu la présence d'esprit et la clairvoyance de signer un bail de neuf mille ans pour cet entrepôt.

– C'était couillu. Cet homme mérite le respect.

– C'était fou ! Ils ont dû croire qu'il était dingue, je rétorque.

Mount secoue la tête.

– Brillant, plus vraisemblablement.

Après avoir appris comment confectionner une pinte de bière et en avoir dégusté, nous arrivons enfin au bar *Gravity*, où je vais pouvoir admirer la vue à 360 degrés sur Dublin. C'est irréel. Mount reste debout derrière moi. Il pose ses mains de part et d'autre des miennes en s'appuyant à la grande table où sont posées nos demi-pintes de bière. Il m'évite d'être écrasée par la foule qui s'agglutine autour de nous.

– Je n'arrive pas à croire que je suis ici.

Je me tourne vers lui.

– Merci. Je sais que ce n'est pas ce que tu aurais choisi de faire aujourd'hui, mais ça signifie énormément de choses pour moi.

Il ne me répond pas, mais son regard sombre transperce le mien. J'aimerais bien pouvoir jeter un coup d'œil à l'intérieur de son crâne. Cet homme est une énigme.

La main de Mount glisse à nouveau dans le creux de mes reins, puis il me répond.

– Termine ta pinte. On n'en a pas encore fini avec Dublin.

TRENTE-TROIS

MOUNT

Je veux qu'elle m'embrasse. Juste ici, dans ce bar, je veux qu'elle se retourne et qu'elle m'embrasse, de son propre chef. Elle ne le fait pas. Je m'efforce de ne pas être trop déçu. Je la guide vers les escaliers et à l'extérieur de l'immeuble en me disant qu'au moins elle ne pensera plus jamais à la Guinness sans se souvenir de ce voyage. Et de moi.

Lorsque nous passons sous la fameuse porte Saint-James et que nous quittons les Liberties, Keira se penche et m'attrape le bras.

– Nous y sommes. C'est ici.

C'est la célèbre porte laquée en noir, avec la harpe dorée et le nom de Guinness inscrit en dessous, que j'ai déjà vue dans de nombreuses publicités pour cette société, mais Keira n'en a cure. Elle saute pratiquement sur son siège pour en faire elle-même l'expérience, et son excitation est contagieuse. Je suis déjà venu à Dublin. Ce n'était pas un job agréable, mais c'était nécessaire. Je n'aurais rien pu dire à propos de cette ville en la quittant, sauf qu'elle était grise et pluvieuse et que la rivière avait une teinte verdâtre malsaine. Mais à présent, je vois tout à travers les yeux de Keira. C'est une perspective complètement différente. Elle a changé mon opinion sur cette ville.

Lorsqu'elle demande à Padraig de nous déposer dans un vrai pub irlandais à côté de Temple Bar, je ne discute pas. Je me laisse extirper de la voiture lorsqu'elle s'arrête devant un restaurant qui correspond à ses désirs, et entraîner à l'intérieur. La nourriture est grasse mais roborative, et c'est apparemment exactement ce dont nous avons besoin, parce que Keira s'est mis en tête de visiter le plus de bars possible dans Temple Bar.

Si nous devions comparer, je dirais que, par rapport à La Nouvelle-Orléans, Temple Bar est le Quartier Français de Dublin, ce qui explique sans doute pourquoi nous nous sentons chez nous ici.

Les immeubles sont tous reliés les uns aux autres, et nous errons dans les rues pavées sans but précis, au gré de la fantaisie de Keira. Entre deux pubs, elle m'entraîne dans des boutiques colorées et achète des trucs assez banals. Mon préféré ? Un collier bon marché mais créatif.

– Je crois qu'il me va bien. Tu ne trouves pas ?

Elle est pompette, elle a bu toute la journée, du whiskey, de la bière et du cidre, un mélange qui lui fait oublier sa froideur habituelle à mon égard.

Je me déleste des euros nécessaires pour payer le collier et je le lui prends des mains. C'est une main qui fait un doigt d'honneur, aux articulations tatouées de ces deux mots :

TRAVAILLER DUR.

Une furieuse envie de sourire me prend lorsque je le lui attache autour du cou.

– Il te correspond réellement bien.

– Mais pas ce soir. Ce soir, on s'amuse, c'est tout. Rien d'autre.

Comme si elle voulait ponctuer ses mots légèrement mal articulés, elle dénoue le lien qui retenait ses cheveux en queue-de-cheval et secoue sa crinière rousse.

– J'ai défait mes cheveux. À toi, à présent.

Le propriétaire, qui était sur le point de fermer, semble rassuré lorsque nous quittons sa boutique. Le soleil est descendu dans le ciel et la musique des pubs irlandais se répand dans les rues.

Keira se penche vers moi.

– Alors ?

Je ne sais pas exactement à quel point elle est pompette, mais elle se trompe légèrement.

– Je ne peux pas détacher mes cheveux.

Et je passe une main dedans.

– Ils ne sont pas assez longs.

– Alors, il faut que tu fasses autre chose.

– Quoi ?

Encore une fois, les commissures de mes lèvres remontent légèrement.

– Ça. (Elle pointe le doigt sur mon visage.) Souris. Tu ne souris presque jamais. Tu as l'air tout le temps tellement… austère.

Et lorsqu'elle tente d'imiter mon expression, un grand éclat de rire explose dans ma gorge.

– Oui !

Son visage s'illumine.

– C'est tout ce que tu veux que je fasse ?

Elle secoue la tête et nous atteignons l'entrée d'un autre pub.

– Non. Ce soir, faisons comme si tu n'étais pas Mount et que je n'étais pas le remboursement d'une dette. Soyons juste Lachlan et Keira. D'accord ?

Je suis sur le point de lui dire qu'elle est sacrément plus que ça, mais je le garde pour moi. À la place, je lui présente une requête personnelle.

– À une condition.

Nous entrons dans le bar. Le musicien sur la scène a rempli la salle.

– Laquelle ?

Keira doit hurler afin de couvrir le vacarme de la foule autour de nous pour que je puisse l'entendre, alors je passe les bras autour de sa taille et je la soulève jusqu'à ce que ma bouche soit au niveau de son oreille.

– Redis mon nom.

– Allez, les gars et les filles. On va guincher ! lance l'homme sur la scène, exhortant les gens à venir sur la piste de danse.

Keira se mord la lèvre, et l'envie de l'embrasser me saisit à nouveau. Elle pose ses deux mains sur mes épaules et se penche en avant.

J'arrête de respirer un instant, j'espère que ses lèvres vont toucher les miennes, mais elles passent devant ma bouche pour atteindre mon oreille.

– Danse avec moi, Lachlan. Danse avec moi à Dublin.

TRENTE-QUATRE

MOUNT

Dès que la portière de la voiture se referme sur nous, Keira s'endort dans mes bras. Padraig nous reconduit à l'hôtel. J'ai joué et gagné des fortunes, plus qu'à mon tour, j'ai amassé assez d'argent pour qu'il ne signifie plus rien, à part pour le pouvoir qu'il me procure. J'ai bâti un putain d'empire. Mais rien de tout cela ne peut m'offrir ce que je désire à présent.

Danse avec moi, Lachlan.

Sa demande était absurde. Je ne danse pas, mais dans ce pub, avec l'Irlandais et sa guitare qui encourageait tout le monde à se lancer, je lui ai donné ce qu'elle désirait. Le temps d'une nuit, j'ai eu la possibilité d'être quelqu'un d'autre. N'importe qui, mais pas moi. Et cet homme était capable de faire décoller cette femme, dans tous les sens du terme.

Keira soupire, lovée contre mon corps.

C'est bien dommage, mais elle ne s'en souviendra probablement pas demain matin.

Ou peut-être est-ce mieux ainsi. Contrairement à moi, elle ne passera pas le restant de sa vie à espérer vivre une autre nuit comme celle-ci.

TRENTE-CINQ

KEIRA

À mon réveil, ça cogne dans ma tête comme si une troupe entière de danseurs irlandais l'utilisait comme scène pour un spectacle. Je me retourne dans le lit, toute nue mais couverte par un drap et un édredon, sans pouvoir me rappeler comment j'ai réussi à arriver jusqu'ici et à me déshabiller.

En regardant l'horloge, je m'aperçois qu'il est presque une heure de l'après-midi.

– Merde.

J'ai raté tous les groupes de réflexion de la matinée. Ils n'étaient pas aussi importants que ceux du début de la semaine, probablement parce que beaucoup de participants partent avant le dernier jour, mais tout de même. C'est ma première foire, et j'avais prévu d'en profiter un maximum. Je m'assieds et repousse les couvertures. Un mot tombe par terre, qui doit avoir été laissé à côté de moi. Lorsque je me penche pour essayer de l'attraper, tout ce que j'ai bu hier se met à remonter.

Officiellement, je suis beaucoup trop vieille pour ce qui a bien pu se passer la nuit dernière.

Je n'ai jamais été du genre à me saouler à mort, parce que je supporte beaucoup mieux l'alcool que la plupart des gens. Malgré ça, mes souvenirs d'hier soir sont pour le moins fragmentaires.

Je me souviens de la distillerie. De Guinness. D'avoir mangé. De m'être baladée dans Temple Bar et d'être entrée dans plusieurs pubs. Mais au-delà de ça, tout devient brumeux. Lorsque mon estomac me laisse un peu de répit, j'attrape le mot.

Il y a du café chaud dans le salon. Des médicaments sur la table de nuit pour ton mal de crâne. Bois de l'eau. Prends une douche et commande à manger. Tes coiffeurs arrivent à dix-sept heures.

Ce n'est pas signé, mais je reconnais l'écriture. La dernière phrase me surprend. Des coiffeurs ? Je me rappelle alors que ce soir, c'est la dernière soirée, le gala et la cérémonie de remise des prix du concours de dégustation de whiskey et spiritueux, qui s'est déroulé pendant toute cette semaine.

Je n'y ai pas vraiment pensé parce que *Seven Sinners* n'y a pas concouru, puisque je ne comptais pas venir.

Je ne suis pas sûre du tout de pouvoir y aller, vu l'état dans lequel je me sens en ce moment, mais je me lève et j'essaie de retrouver l'équilibre. Je l'entends déjà m'ordonner, sur ce ton autoritaire qui n'appartient qu'à lui, de suivre le reste de ses instructions, et même si la révolte est une seconde nature chez moi, c'est ce que je vais faire.

Mais mon estomac voit les choses différemment, et je n'ai que le temps de me ruer à la salle de bains.

Beurk.

Lorsque j'ai fini de rendre tripes et boyaux, je me rince la bouche, je me brosse les dents et je prends un Ibuprofène avec un peu d'eau. Pour l'instant, je ne peux pas avaler de café. Quand mon ventre se calme un peu, je me dirige vers la douche. Je mangerai plus tard. Après avoir passé des heures sous l'eau chaude, je me force à en sortir.

– Voilà.

Je pousse un cri, Lachlan me tend un épais drap de bain blanc.

Lachlan ? Quand est-ce qu'il est devenu Lachlan, bon sang ? J'attrape la serviette et je m'enroule dedans en me sentant plus nue que jamais, bien qu'il ait déjà vu tout ce que j'ai en magasin.

– Tu as commandé à manger ?

– Pas encore.

– Bien. J'ai appelé le room service.

J'ai encore la tête qui tourne, je ne lui demande même pas ce qu'il a commandé.

– Qu'est-ce qui s'est passé hier soir ?

Je m'attends à voir apparaître un sourire arrogant sur son visage, ou une grimace inquiétante, mais il reste de marbre.

– Tu as bu un peu plus que de raison.

Je resserre la serviette et j'en passe le coin entre mes seins avant de croiser son regard.

– Tu sais bien que ce n'est pas ce que je veux dire.

– Est-ce si important, si tu ne t'en souviens pas ?

Je pince les lèvres, j'ai envie de lui demander des détails, mais je sais déjà qu'il ne me les donnera pas.

– Je crois que tu es encore plus têtu que moi, tu sais ?

Ça le fait réagir. Par un petit mouvement de la commissure des lèvres.

– À peine.

– Tu ne vas rien me dire ?

On frappe à la porte de la suite et il se retourne, ignorant ma question.

– Je vais ouvrir. Il faut que tu manges.

TRENTE-SIX

MOUNT

Cela fait deux heures que j'ai été viré de notre chambre. Deux heures pendant lesquelles les coiffeurs-maquilleurs que j'ai engagés sont en train de réaliser leurs prouesses sur Keira. Je me suis assuré qu'elle avait mangé, dormi un peu, et qu'à leur arrivée elle était prête, avec une apparence relativement humaine.

J'ai fini par tranquillement m'installer au bar de l'hôtel, quand, tout à coup, J appelle sur ma ligne sécurisée.

– On a un problème.

– Lequel ?

Je cherche mon portefeuille, jette des billets sur le bar avant de me diriger vers une des cabines insonorisées prévues pour ce genre d'appel.

– Le cartel s'interroge sur la disparition de leur lieutenant.

– Tu te fiches de moi.

Je trouve une cabine libre tout près de la porte, derrière moi.

– Non, et ils deviennent insistants.

Je repense à cette fameuse nuit et aux différents témoins présents dans la pièce. Le conseiller municipal véreux, le prédicateur hypocrite qui détourne les dons de la méga-église et le magnat du pétrole à l'ego encore plus surdimensionné que le mien.

Je possède des informations sur eux, tous aimeraient beaucoup que le cartel me liquide dans l'espoir que leurs secrets disparaissent avec moi.

– Tous connaissent les conséquences s'ils parlent. N'hésite pas à leur adresser des rappels de ma part.

J sait que, par rappels, je veux dire leur envoyer des équipes de gros bras.

– Je pense que le maillon faible, c'est le prédicateur. C'est une chochotte, dit J.

– Non. Lui, c'est le cadet de nos soucis. Il ne pourra jamais renoncer ni à son Gulfstream[6], ni à sa maîtresse. En revanche, nous n'avons pas autant de prise sur le magnat du pétrole. C'est lui qu'il faut surveiller. Si le cartel se met à lui poser des questions,

6. Marque américaine de jets privés.

à toi de jouer et fais en sorte qu'il soit temporairement indisponible.

– Jusqu'où, temporairement ?

– Fais-lui comprendre qu'il ferait bien d'embarquer toute sa petite famille pour les emmener en vacances dans sa villa en Italie.

– Et s'il fait des histoires ?

– Eh bien, occupe-t'en. Tu veux te prouver que tu peux prendre plus de responsabilités ? Alors, règle ce merdier.

J change de ton.

– Tout est sous contrôle. Profitez bien de la fin de vos vacances.

– Si tu rencontres le moindre problème, tu m'appelles. Je ne veux pas de surprises.

– Pigé, patron.

Je raccroche. Je suis ennuyé que cette connerie de cartel interfère avec mon escapade.

J sait aussi bien que moi que le cartel ne retrouvera jamais le corps, et qu'en l'absence de macchabée, ils ne pourront jamais prouver que c'était moi. Et sans preuve, ils n'oseront pas bouger.

En revanche, les témoins, eux, pourraient poser un problème.

Ils n'en poseront pas.

J'ai déjà été confronté à des galères bien plus graves que ça et je m'en suis sorti. Je m'attends à ce que ça ne soit pas différent.

J'ouvre la porte de la cabine et je regarde l'heure sur mon téléphone. Le gala a déjà dû commencer, et pour rien au monde je ne ferais rater la remise des prix à Keira.

Elle ne le sait pas, mais je me suis arrangé pour qu'au dernier moment *Seven Sinners* concoure dans plusieurs catégories. Je n'ai aucun pouvoir sur le jury, mais son produit parle pour lui-même. Je ne le lui ai pas dit non plus parce que si elle ne gagne pas, mieux vaut qu'elle ignore qu'elle concourait. Je ne sais pas à quel moment j'ai décidé que je devais la protéger non seulement des menaces physiques mais aussi de ce qui pourrait se transformer en une énorme déception pour elle.

Cette semaine a changé beaucoup de choses.

J'entre dans la suite et je referme la porte derrière moi. Tout est calme.

– Keira ?

– Une seconde, lance-t-elle depuis la chambre. Je suis presque prête !

Elle semble aller bien mieux que lorsque je suis sorti.

J'attends dans le salon. J'hésite à me servir un autre verre pendant que je repense au coup de fil de J, mais je décide de m'abstenir.

À la place, je regarde la fenêtre contre laquelle j'ai baisé Keira il y a quelques jours. Encore une chose que j'aimerais recommencer.

Merde, j'aimerais avoir encore toute cette semaine devant moi. Mais, ce soir, je reviens à la réalité. Le jet nous attendra sur le tarmac dès la fin du gala.

– Alors, tu en penses quoi ?

Je me retourne en entendant sa voix alors qu'elle passe la porte, et je reste abasourdi.

Sa robe, du même vert étincelant que ses yeux, souligne chaque courbe de son corps tout en en dissimulant assez pour être le summum de la classe. Ses cheveux sont relevés en un chignon sophistiqué, avec des boucles qui tombent autour de son visage.

– Bonté divine !

– C'est un bon, ou un mauvais « bonté divine » ? demande-t-elle en entrant dans le salon.

La fente sur un des côtés de la robe révèle une jambe bronzée et un putain d'escarpin.

– C'est un « bonté divine j'espère que tu n'as plus la gueule de bois, parce que je ne sais pas si je vais te laisser sortir de cette pièce ce soir ».

Elle esquisse un sourire.

– En fait, je me sens bien à présent. Ça doit être mon sang irlandais.

Elle me jette un coup d'œil, son regard s'arrête à ma braguette.

– Le costume te va toujours aussi bien, mais apparemment tu as un petit problème.

– Ne traite jamais mon zguègue de petit.

Elle rit, et ce son me rappelle combien elle s'est lâchée la nuit dernière.

Merde. Il faut que j'arrête de penser à ça.

Elle traverse la pièce, dévoilant fugitivement sa jambe à chaque pas, une lueur malicieuse dans le regard.

TRENTE-SEPT

KEIRA

Des bribes de souvenirs me sont revenues alors que Brigid et Briana me coiffaient, me maquillaient et me faisaient les ongles. Elles bavardaient avec cet accent absolument charmant, en me demandant ce que j'avais vu et fait à Dublin. J'ai dû me forcer pour m'en rappeler certaines parties.

– Je suis presque certaine que nous avons dansé dans un pub ?

C'est sorti tout seul, sauf la forme interrogative parce que même si ce souvenir brumeux est remonté à la surface, il m'est difficile de croire que Mount, qu'apparemment j'appelais *Lachlan*, ait fait une chose pareille.

– On dirait que le *craic*[7] était costaud, dit l'une d'elles, je ne sais plus laquelle.

Je me suis mise à confondre leurs noms dès qu'elles sont entrées.

– Du crack ? Je ne touche pas à ça. Le crack, c'est super-dangereux.

Les deux filles se marrent.

– Pas du crack. Le *craic*. Le pied. Un bon moment. Il faut vraiment que vous travailliez votre accent irlandais. En fait, vous êtes américaine, même si vous avez l'air d'être une des nôtres.

Et pendant qu'elles continuaient à m'enseigner des irlandicismes, mon esprit s'échappait ailleurs. Il retournait à la nuit précédente, j'avais l'impression de faire un puzzle de mille pièces, sans modèle pour me guider. À présent, alors que j'avance vers Lachlan dans notre suite, quelque chose a changé. Je le sens en moi, et cela me terrifie.

Et soudain, je me rappelle ce que j'ai dit.

Danse avec moi, Lachlan. Danse avec moi à Dublin.

Et il l'a fait. Je me souviens de la sensation de son corps contre le mien lorsque nous avons dansé deux longs slows, et du contact de ses mains autour de ma taille quand il m'a soulevée dans les airs comme si je ne pesais rien. En fait, l'homme que je pensais être un monstre m'a offert la plus belle semaine de ma vie. Et, d'après ce dont je me souviens, également la

7. *Craic* signifie « ambiance » en irlandais. « On dirait qu'il y avait de l'ambiance. »

plus belle nuit. Tout à coup, je ne sais absolument pas comment gérer cette information.

Ce qui était supposé n'être que du cul, le remboursement d'une dette, a dégénéré. Voilà que je suis terrifiée à l'idée que ce soit devenu quelque chose de totalement différent, ce qui est impossible.

Je sais que je dois me concentrer sur ce que c'était au tout début. Du sexe. Il faut que j'efface mes souvenirs de la nuit dernière, parce qu'ils sont trop beaux pour être vrais.

L'homme qui a dansé avec moi dans ce bar, dans la ville que j'ai toujours voulu visiter, ne pourra jamais me rendre heureuse comme j'avais pensé pouvoir l'être déjà une fois. Et pas parce que c'est un escroc, comme Brett, mais parce qu'il est *Lachlan Mount*.

Il faut que je me mette dans le crâne que je ne suis qu'une de ses possessions et que nous ne pourrons jamais être rien de plus l'un pour l'autre.

Je m'arrête à un pas de Lachlan. Non, je me reprends, de *Mount*. Je tends le bras, pleine d'une nouvelle audace, et je lui attrape le sexe à pleine main.

Il en a le souffle coupé, il ne s'attendait visiblement pas à ça de ma part.

Tu vois ? Tu peux le faire.

Quoi qu'il se soit passé la nuit dernière, c'est oublié, et nous voici revenus là où nous devons être.

– Non, effectivement, ce n'est pas petit du tout.

J'humecte mes lèvres, vierges de tout rouge à lèvres. J'ai dit à Brigid et Briana que je le poserais moi-même, si jamais nous allions d'abord dîner.

– Cela ne m'aide pas vraiment.

Sa voix est rauque et profonde, comme s'il se donnait un mal de chien pour rester calme.

–Tu veux descendre comme ça ?

Je lève les yeux pour le regarder en face une seconde, avant de les baisser à nouveau. Son regard est trop intense pour moi.

– Si tu entres dans la salle de bal comme ça, je peux t'assurer qu'aucune des femmes présentes ne pourra détourner le regard.

Il me soulève le menton avec délicatesse, mais suffisamment fermement pour me forcer à le regarder dans les yeux.

– Ça t'ennuierait ?

Un élan de possessivité m'envahit. C'est comme si je me trouvais en face d'un véritable incendie.

– Peut-être, dis-je en haussant les épaules.

– Alors, bon sang, occupe-t'en.

Ses paroles sonnent comme un défi qu'il pense que je ne relèverai pas.

Mais après la nuit dernière, je ne sais plus du tout ce que je veux, à part détruire tous ces contes de fées auxquels je me suis laissée aller à croire, même si ce n'était que l'espace d'un instant.

Je repousse ma robe de côté et je m'agenouille devant lui, puis je lui lance un regard appuyé.

– Ne bousille pas ma coiffure.

Ses mains se replient comme s'il mourait d'envie de le faire tout de même, mais il agrippe le bar derrière lui.

J'ouvre son bouton, je baisse sa fermeture Éclair et je pose enfin la main sur sa grosse bite toute chaude.

Cette fois-ci, je me sens puissante.

– Et ton maquillage ? demande-t-il d'une voix étranglée.

– Tant que tu n'éjacules pas sur mon visage, tout ira bien.

Comme il ne répond pas, je baisse mes lèvres, assez pour darder ma langue et lécher la perle de liquide sur le bout de son gland.

Il grogne, je me recule.

– Promis ?

– Oui. Seigneur Jésus, est-ce que tu essaies de tout faire pour que je te supplie ?

– Ça nous changerait agréablement.

Il grogne.

– Vas-y, essaie.

TRENTE-HUIT

KEIRA

— Putain.

Le sentiment de satisfaction qui m'envahit, lorsqu'il rejette la tête en arrière et se met à jurer quand je lui prends les couilles dans la main et que j'avale son sexe plus profondément, est sans doute malsain, mais je m'en fiche.

Je suis en mission. La lutte de pouvoir est de retour, sauf que cette fois, c'est moi qui ai l'avantage.

Je baisse la tête et lui suce une couille, puis l'autre… ses gémissements emplissent la suite. Je m'attends à ce qu'il enfreigne la règle et bousille mon chignon, ce qui nous donnerait une bonne raison de ne pas sortir, mais il ne le fait pas.

Il respecte mes conditions, ce qui en rajoute au trip de pouvoir dans lequel je suis. Je le masturbe, tout à tour dans ma bouche et dans ma main, sans jamais lâcher ses couilles et en l'observant par en dessous. Son regard sombre me transperce et le désir sauvage que j'y lis me pousse à abandonner mon avantage. L'envie de l'entendre me supplier pâlit devant celle de le voir me soulever et m'empaler sur sa queue.

Ce que cela dit de moi, je m'en fiche complètement à cet instant précis.

– Tu vas tout avaler quand je vais éjaculer dans ta gorge ? demande-t-il, et je secoue la tête.

Il fronce les sourcils, et je sors sa bite de ma bouche.

– À quoi tu joues ?

Lentement, je me relève.

– Je ne joue pas. Pas cette fois.

Les yeux de Mount scintillent.

– Tu veux que je te baise, c'est ça ?

Je hoche la tête.

– Merci, mon Dieu.

Il ne suit pas le scénario que j'avais composé dans ma tête, mais quand l'a-t-il jamais fait ?

Au lieu de cela, il me traîne jusqu'au sofa, puis il soulève ma robe et il me penche en travers du dossier. Il s'aperçoit alors que je ne porte pas de culotte.

– Vilaine petite coquine ! Quand nous rentrerons de ce gala, ce soir, tu me sentiras encore pulser en toi. C'est ça que tu veux ?

– Oui, je murmure.

– Plus fort.

– Oui, bordel !

– Alors tu ferais bien de t'accrocher, parce que j'en ai marre de me retenir !

Mount tient parole. Une heure plus tard, après avoir retouché mon maquillage et arrangé quelques-unes de mes bouclettes, je le sens toujours aux contractions douloureuses entre mes jambes. Je suis toujours tremblante lorsque nous arrivons au gala. Eh merde, je le suis encore après mon premier verre. C'est ça, l'effet Mount, me dis-je.

Vingt minutes plus tard, tout le monde se tourne vers la scène lorsque l'animateur s'apprête à annoncer les gagnants de la compétition. Tout en souriant et applaudissant, je me dis que j'aurais vraiment aimé savoir que je venais, parce que le *Seven Sinners* est aussi bon, si ce n'est meilleur, que les whiskeys qui remportent les prix ce soir. Je suis sur le point de dire à Mount que j'ai envie d'un autre verre quand l'animateur annonce la catégorie « whiskey américain ».

Du coup, je m'arrête, parce que je sais que nous aurions pu gagner ce prix-là.

– Et le gagnant est…

Il ouvre l'enveloppe en prenant tout son temps.

– La distillerie *Seven Sinners*, de La Nouvelle-Orléans.

Je regarde autour de moi, en me demandant sincèrement si quelqu'un d'autre a entendu la même chose, ou si je suis encore dans les vapes, ou ivre, ou si j'hallucine.

Comment est-ce possible ?

La main de Mount quitte le creux de mes reins pour me serrer contre lui. Je lève les yeux vers lui, je suis choquée, bouleversée.

– C'est toi qui as fait ça ? Tu t'es arrangé pour qu'on gagne ?

– La seule chose que j'ai faite, c'est de m'assurer que tu sois inscrite au dernier moment. *Seven Sinners* a gagné tout seul.

– Oh mon Dieu !

Je suis en pleine euphorie, j'exulte de joie.

– Je crois qu'il est temps que tu ailles recevoir ton prix.

Sa main posée à plat sur mon dos, nous traversons la foule, mais je monte sur l'estrade toute seule. Mes mains tremblent lorsque j'accepte la sculpture en cristal en forme de bouteille et que je serre la main du maître de cérémonie.

– Merci, Monsieur.

De là où je suis sur scène, je scrute la foule, à la recherche d'un visage. Et ce n'est pas celui d'un de mes concurrents. C'est le sien. Lorsque je le trouve, une autre vague d'exaltation m'envahit. Il sourit, et j'ai l'impression d'avoir déjà vu ce sourire, une fois, lors de cette nuit au sujet de laquelle mes souvenirs sont tellement embrouillés. Il est aussi lumineux que ce que j'imaginais.

– C'est avec grand plaisir, Madame Kilgore.

Je ravale mes émotions qui menacent d'éclater dans ma poitrine et je redescends l'escalier, en bas duquel Mount m'attend avec une expression surprenante sur son visage.

De la fierté.

– Félicitations, Madame la Présidente.

TRENTE-NEUF

MOUNT

Bien que je meure d'envie d'initier Keira au *mile-high club*[8], je dois régler certaines affaires, et elle fait de même de son côté. Nous travaillons en silence pendant presque tout le vol, en nous interrompant juste une fois pour manger.

J'attends de chaque membre de mon organisation qu'il soit dévoué et qu'il travaille dur, mais même avec de bons éléments, je ne trouve jamais personne qui soit aussi bosseur que moi. Cette fois, en repensant à tout ce qu'elle a pu faire cette semaine, je l'ai trouvé en Keira.

---

8. Expression qui signife « faire l'amour en avion, en altitude ».

J'étais fou de penser que je pourrais la prendre, la baiser et la garder dans une petite boîte sur une étagère comme n'importe quel autre jouet.

Mais qu'est-ce que je vais bien pouvoir faire d'elle, à présent ? La nuit dernière fut une anomalie. Lorsque nous serons rentrés à La Nouvelle-Orléans, les choses devront redevenir ce qu'elles étaient auparavant.

Il n'y a pas d'autre option possible.

Est-ce que tu te fous de moi ? me demande ma petite voix intérieure. *Tu es Lachlan Mount. Tu as la richesse. Tu fais la loi. Cela signifie que tu peux avoir tout ce que tu désires.*

Et ce que je veux, plus que tout, c'est entendre Keira m'appeler à nouveau par mon prénom.

Mais en étant sobre, cette fois.

QUARANTE

KEIRA

Non, je ne le regarde pas.

Je ne le regarde pas.

Je. Ne. Le. Regarde. Pas.

J'échoue et je jette un coup d'œil pour la centième fois à l'homme en face de moi pendant ce vol qui me paraît interminable.

J'ai utilisé tant de fois le mot *jamais* lorsqu'il s'est agi de Mount, et à chaque fois je me suis parjurée, que je ne sais plus quoi penser à présent.

Pourquoi doit-il être qui il est ?

Tel est le conflit qui me déchire. D'une certaine façon, pendant ce voyage, je me suis convaincue que s'il était n'importe qui d'autre, tout serait différent et j'aurais enfin trouvé l'homme qui pourrait m'apporter tout ce que je désire.

Un partenaire, voilà tout.

Pourtant, à chaque heure passée dans cet avion, je sens la noirceur qui l'entoure augmenter, comme un nuage tangible gommant de plus en plus le lâcher-prise qui s'installait en lui un peu plus chaque jour lorsque nous étions à Dublin.

Je veux remettre ça.

Je veux une chance de goûter les différences que je n'ai pas suffisamment appréciées lorsque nous étions là-bas.

Lorsque les roues du jet se poseront sur la piste de l'aéroport Lakefront, je vais redevenir Keira Kilgore, endettée jusqu'aux yeux vis-à-vis de Lachlan Mount, et mon corps lui appartiendra, il pourra en faire ce que bon lui semble pour se rembourser.

Tout sera identique, mais pourtant, j'ai l'impression que tout a changé.

Je me plonge dans le boulot, je relis toutes les notes que j'ai prises après la visite de la distillerie. J'écris un mail à Deegan Sullivan pour le remercier personnellement et l'inviter à nous rendre visite chez *Seven Sinners*, lorsqu'il viendra à La Nouvelle-Orléans.

Puis je me mets à bosser sur un plan d'amélioration de notre sécurité qui soit le plus économique possible, pour pouvoir commencer à envisager des visites de la distillerie. Pour la première fois, je ne pense pas une seule seconde à la réaction que pourrait avoir mon père.

Le trophée en forme de bouteille en cristal posé à côté de moi me rappelle que ce que nous réalisons dans notre petite entreprise a de l'importance, et que c'est mon boulot de faire que nous puissions nous hisser jusqu'à l'étape suivante par tous les moyens.

Je pense que je ne toucherai pas au capital, à moins que ce soit absolument indispensable, parce que je veux être capable de rembourser ma dette.

Mais si je fais cela, qu'est-ce qui me liera à l'homme assis à mes côtés ? Plus rien.

Une semaine plus tôt, cette idée m'aurait ravie.

Il y a quelque chose qui ne tourne pas rond chez moi. Je ne peux pas penser cela.

Lorsque les roues du jet touchent le sol et que nous nous arrêtons devant le hangar, j'en suis venue à penser quelque chose qui me terrifie plus que tout.

Je ne déteste pas Lachlan Mount.

***

Mount m'ouvre le chemin jusqu'en bas des escaliers en posant une main en bas de la rambarde. Avant de partir, j'ai changé ma robe contre un simple chemisier blanc et une paire de jeans skinny noirs. Mount, lui, n'a pas pris la peine de changer de costume. Je pensais que La Balafre nous attendrait avec la voiture, mais voilà Mount qui pousse la porte du hangar.

– Il est en retard ? Il n'est jamais en retard.

– V ne vient pas. C'est moi qui vais conduire.

Nous pénétrons dans le grand hangar métallique où se trouve garée une voiture de course noire avec des rayures blanches.

– Wouah. D'où sort-elle ?

Mount regarde par-dessus son épaule tout en avançant vers le mur pour pianoter un code sur un clavier à côté d'un boîtier métallique.

– De ma collection.

La porte s'ouvre, il prend des clés avant de la refermer. Il en utilise une pour ouvrir le coffre et je recule un peu.

– Quoi ? Tu as peur qu'il y ait un corps à l'intérieur ?

– C'est de l'humour ? Est-ce que tu viens de faire une blague ?

Un employé de l'aéroport se précipite avec nos bagages avant que Mount ait pu répondre. Une fois les bagages rangés dans le coffre, il ouvre la portière passager pour moi.

– Je ne plaisante jamais.

– Arrête tes conneries.

Il plisse les paupières.

– Les règles sont différentes à présent…

– Maintenant que nous sommes rentrés. Je comprends.

Je m'installe dans le siège baquet et j'éclate d'un rire dur.

– Je n'en attendais pas moins de toi. Après tout, tu as ta réputation à sauvegarder, et on ne sait jamais qui nous observe, par ici.

Il devient sombre, je détourne les yeux et fixe mon prix posé sur mes genoux. C'est au moins une preuve tangible de ce voyage. Mount ferme ma portière et fait le tour de la voiture. Quand il s'installe côté conducteur et tourne la clé de contact, je sais que j'ai frappé juste. Quand bien même il voudrait être l'homme qu'il était en Irlande, ici c'est impossible.

Le moteur se met à rugir, ce qui cadre parfaitement bien avec le caractère de l'homme assis au volant. Il le laisse chauffer quelques minutes, pendant lesquelles nous ne bougeons pas, dans un silence tendu, avant de démarrer en trombe.

Je fixe l'extérieur à travers la vitre, mais contrairement à Dublin où je regardais chaque détail de la ville, je ne vois rien alors que nous fonçons à travers ces rues qui me sont familières. Je suis certaine qu'il enfreint les limitations de vitesse, mais quel flic lui donnerait une amende ? Il rétribue probablement la plupart d'entre eux. Nous approchons du Quartier Français. Au lieu de prendre les détours auxquels je suis habituée avec La Balafre, Mount se dirige tout droit vers la maison.

La maison.

Je me moque de ce mot en silence. Ce n'est pas ça du tout, et je suis une idiote si j'imagine que c'est autre chose que la prison de luxe d'avant notre départ.

Nous ne dansons plus à Dublin.

Mount ralentit pour laisser passer quelques piétons sur un passage clouté avant de remettre les gaz et de tourner brusquement à droite. La voiture s'élance, les pneus crissent et son corps bascule soudain vers moi lorsqu'il tourne.

– Merde ! C'est quoi ce bordel ?

Son corps se penche encore plus vers le mien et tout bascule soudain.

On dit que lorsque vous vivez des événements traumatiques, vous revoyez toute votre vie défiler au ralenti.

Ça ne se passe pas comme ça pour moi.

La vitre latérale du conducteur se brise, des éclats de verre volent partout. La seule chose que je comprends, c'est la douleur qui m'envahit quand Mount tourne encore les pneus et que ma tête vient heurter l'habitacle. La voiture s'écrase contre un lampadaire avant de se renverser, puis de s'arrêter.

Pop. Pop. Pop.

Des trous apparaissent dans la toile d'araignée du pare-brise. Choquée, j'essaie de respirer, mais je n'y arrive pas.

– Keira !

Les cris de Mount me parviennent assourdis, tandis que le monde s'estompe autour de moi.

Je cligne des yeux à deux reprises, mes paupières sont de plus en plus lourdes. Ma tête tombe en avant et je cligne encore une fois des yeux.

Depuis quand est-ce que mon chemisier est rouge ?

– Regarde-moi ! Keira !

J'essaie de relever la tête, mais elle est trop lourde. Il se bat avec ma ceinture de sécurité, il l'arrache presque avant de se pencher sur moi. Encore plus de rouge coule de sa main lorsqu'il l'approche de mon visage.

Est-ce que c'est… du sang ?

Mes pensées deviennent floues.

– Reste avec moi, Keira. Je t'en prie. Putain. Reste. Avec. Moi.

Je perçois ses ordres, mais ils se font de plus en plus lointains… Je sens mes yeux se fermer.

– Non !

C'est comme si un lion chuchotait dans la jungle. Quelqu'un me soulève la tête, et je m'efforce d'ouvrir les paupières une dernière fois, juste une seconde. Assez longtemps pour voir la douleur, la furie et la dévastation dans son regard sombre.

– Lachlan ?

– Reste avec moi. Je ne vais pas te perdre. Putain ! Pas maintenant.

– Impossible… de… respirer.

Mes yeux finissent par se refermer complètement alors que des sirènes retentissent au loin. J'entends une dernière fois Lachlan Mount crier mon nom avant que tout devienne silencieux.

Découvrez la conclusion
des aventures de Lachlan et Keira dans

L'EMPIRE DU MAL